Le Club des Cinq
au bord de la mer

Enid Blyton™

Le Club des Cinq au bord de la mer

Illustrations
Frédéric Rébéna

hachette
JEUNESSE

Claude

11 ans.
Leur cousine. Avec son fidèle chien
Dagobert, elle est de toutes
les aventures.
En vrai garçon manqué,
elle est imbattable dans tous
les sports et elle ne pleure
jamais... ou presque !

François

12 ans
L'aîné des enfants,
le plus raisonnable aussi.
Grâce à son redoutable sens
de l'orientation, il peut explorer
n'importe quel souterrain sans jamais se perdre !

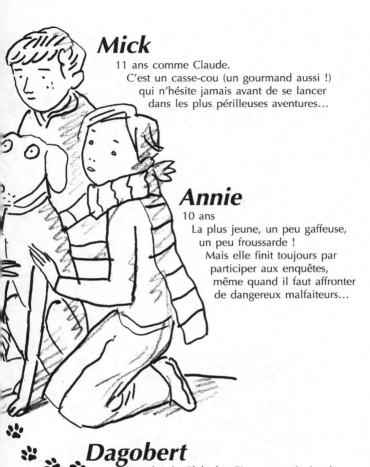

Mick

11 ans comme Claude.
C'est un casse-cou (un gourmand aussi !)
qui n'hésite jamais avant de se lancer
dans les plus périlleuses aventures...

Annie

10 ans
La plus jeune, un peu gaffeuse,
un peu froussarde !
Mais elle finit toujours par
participer aux enquêtes,
même quand il faut affronter
de dangereux malfaiteurs...

Dagobert

Sans lui, le Club des Cinq ne serait rien !
C'est un compagnon hors pair, qui peut monter
la garde et effrayer les bandits.
Mais surtout c'est le plus attachant des chiens...

L'ÉDITION ORIGINALE DE CET OUVRAGE
A PARU EN LANGUE ANGLAISE
CHEZ HODDER & STOUGHTON, LONDRES,
SOUS LE TITRE :

FIVE GO DOWN TO THE SEA

Enid Blyton Ltd.

© Hachette Livre, 1984, 1989, 1992, 2007
pour la présente édition.

Traduction revue par Rosalind Elland-Goldsmith.

Tous droits de traduction, de reproduction
et d'adaptation réservés pour tous pays.

Hachette Livre, 43, quai de Grenelle, 75015 Paris.

Les vacances commencent

— Et zut ! mon pneu est à plat, s'écrie Mick.
Ça tombe mal !

François jette un regard sombre vers le vélo
de son frère, puis consulte sa montre.

— On a tout juste le temps de le regonfler,
en espérant qu'il tiendra jusqu'à la gare. Il ne
reste plus que sept minutes avant le départ du
train !

Déjà Mick s'affaire. Sa cousine Claude et sa
sœur Annie sont descendues elles aussi de leurs
bicyclettes et s'approchent de lui. Elles croisent
les doigts pour que la halte ne dure pas trop
longtemps.

Quel drôle de début de vacances ! Dans sept
minutes, le Club des Cinq grimpera dans le
train, à la gare d'Alleville. Heureusement, leurs

7

bagages ont été expédiés en avance. Ils n'ont plus qu'à s'occuper des vélos. Dire qu'ils pensaient arriver en avance et s'installer dans le petit café qui jouxte le quai...

— C'est pas vrai ! On ne peut quand même pas manquer le train ! s'énerve Claude qui déteste que les choses aillent de travers.

— C'est très possible, au contraire, répond François en se moquant de la grimace de sa cousine. Tu en penses quoi, Dagobert ?

L'animal jappe en remuant la queue, comme s'il était tout à fait d'accord. Mais comme c'est un bon chien, il lèche aussitôt la main de sa maîtresse pour la réconforter. D'ailleurs, tout va bien, le pneu est déjà réparé.

— Ouf ! j'ai eu chaud ! souffle Mick en remontant sur sa monture. J'ai eu peur que vous ne décidiez de partir sans moi !

— Oh ! on n'aurait jamais fait ça, le rassure Annie. On aurait pris le prochain train. Viens vite, Dago !

Les quatre cousins et Dago se dépêchent. Le convoi est déjà à quai... Le chef de gare s'avance vers les Cinq : il a une bonne tête, des joues rouges, un large sourire.

— Vous êtes les enfants de M. et Mme Dorsel et de M. et Mme Gauthier ? demande-t-il. J'ai déjà enregistré vos bagages. Vous n'avez pas grand-chose, dites-moi ! Juste une petite malle pour vous tous !

— En vacances, on n'a pas besoin de grand-chose ! répond François. Où met-on les vélos ?

L'homme, toujours souriant, emporte les bicyclettes. Puis il revient et examine les billets des jeunes voyageurs.

— Je vois que vous allez à Trémanoir, commente-t-il en poinçonnant les documents. Soyez prudents là-bas, la mer est souvent très agitée.

— Oh ! vous connaissez Trémanoir ? demande Annie. Est-ce que c'est joli ?

— Joli ? Hum... c'est surtout très désert.

Le haut-parleur annonce le départ imminent du convoi. Le chef de gare continue à bavarder :

— J'allais pêcher avec mon oncle, qui possédait un bateau. Je me souviens seulement que c'était un endroit sauvage, désolé. Je n'aurais pas pensé qu'on puisse choisir un tel lieu pour des vacances ! Pas de jetée, pas de marchand de glaces, pas de pâtisseries, pas de cinéma, rien du tout.

— Parfait ! décrète Mick. C'est exactement ce qu'on veut ! On a seulement envie de se baigner, de louer une barque, d'aller à la pêche, d'explorer la région. Voilà des vacances de rêve !

— Ouah ! approuve le chien.

— Montez ! déclare enfin le chef de gare en scrutant l'horloge. Le train va bientôt partir. Bon voyage !

Et les jeunes vacanciers s'engouffrent en file indienne dans le couloir du wagon. Ils trouvent quatre places en queue de convoi. Claude fait signe à Dagobert de s'allonger entre son siège et celui de Mick. Mais le chien ne reste pas en place. Il préférerait faire le voyage appuyé à la fenêtre, le nez dehors, pour respirer l'air frais.

— Arrête de t'agiter comme ça ! gronde sa maîtresse.

Dago ne fait pas attention. Il est content : les vacances sont revenues. L'animal sait qu'il va passer des jours heureux en compagnie de ses amis. Déjà il fait des projets :

« J'attraperai un lapin », se dit-il dans sa bonne grosse tête de chien.

— Super ! On part ! s'exclame François quand la gare a disparu derrière eux. J'aime tellement le début des vacances !

Pendant des mois, les enfants ont fait des projets en consultant des cartes. Maintenant ils éprouvent un grand bonheur à être dans le train.

— Vous avez vu ? Il fait vraiment un temps

splendide ! fait remarquer Annie. Au fait, Claude, comment ta maman a-t-elle eu l'idée de nous envoyer à la ferme de Trémanoir ?

— Je crois que c'est papa qui lui a recommandé cet endroit. Tu sais que tous ses amis savants aiment beaucoup les lieux tranquilles où ils peuvent travailler en paix, dans la solitude. L'un d'entre eux s'est rendu une fois à la ferme de Trémanoir, parce qu'on lui avait dit que c'était le coin le plus sauvage et le plus silencieux de la région. Papa raconte que son ami était maigre comme un clou avant de partir, et qu'il est revenu bien remplumé ! C'est pourquoi maman a décidé de nous envoyer là. Elle sait que la fermière ne nous laissera pas mourir de faim !

— Encore heureux ! s'écrie Mick. Après trois mois d'école, je n'ai plus que la peau sur les os. Moi aussi, il faut que je me remplume !

Ils pouffent tous de rire, car le jeune garçon est déjà plutôt dodu...

— Tu parles, ricane son frère. Tu as surtout besoin d'un peu d'exercice pour faire fondre ta graisse !

— On va bien s'amuser ; on va marcher, nager, pêcher ! intervient Claude. Et bien manger ! Dago, il faudra être poli avec les chiens de la ferme !

11

— Et tu ferais mieux de demander la permission aux roquets du voisinage avant de te mettre à chasser les lapins... ajoute Annie.

L'animal se retourne ; sa petite truffe brille, sa langue rose pend. Il a vraiment l'air de sourire !

— Alors comme ça, mes blagues t'amusent, Dago ? Je suis tellement contente que tu viennes avec nous à Trémanoir !

— Il nous accompagne toujours pendant nos vacances, souligne Claude. Il a été mêlé à toutes nos aventures.

— Je ne veux vivre aucune aventure, cette année, affirme Annie. J'en ai assez des mystères... J'ai seulement envie de m'amuser.

— Moi aussi ! approuve François. Pas d'aventure cette année ! Et s'il se passe quelque chose à la ferme, on ne s'en occupera pas, d'accord ?

— D'accord... répond Claude, d'un air dubitatif.

— Bien... acquiesce Mick.

L'aîné du groupe paraît surpris.

— Eh ! Qu'est-ce qui vous arrive ? Je ne vous reconnais pas. Je plaisantais ! Si, à Trémanoir, vous vous trouvez face à une énigme, vous résisterez à l'envie de la résoudre ? Ça m'étonnerait !

Mais la discussion est interrompue, car Dago a réussi à passer son museau par la fenêtre, et une poussière est entrée dans son œil. Le chien commence à se frotter avec une patte en poussant des plaintes lamentables.

— Ce n'est rien... le rassure Claude. Laisse-moi t'aider. Mick, tiens-le s'il te plaît.

Les deux cousins réussissent à enlever la poussière de l'œil de Dago et ce dernier se précipite de nouveau à son poste, à la fenêtre.

— Remontons la vitre ; il n'obéira jamais ! décide François.

Et le problème est résolu rapidement, car le train s'engouffre dans un tunnel interminable. Le chien, affolé, se réfugie sur les genoux de sa maîtresse.

— Allez, Dag ! tu n'es pas un bébé ! C'est seulement un tunnel ! Oh... qu'est-ce que tu es lourd ! Mick, débarrasse-moi de lui, s'il te plaît...

Le voyage semble très long. Il fait bien chaud à l'intérieur de la voiture. Lorsque le train s'arrête, c'est dans de petites gares sans intérêt. Dagobert meurt de soif, et la pauvre Claude lui fait boire toute l'eau de sa gourde.

Les Cinq ont emporté leur déjeuner avec eux, mais ils n'ont pas très faim. La bouteille de jus d'orange, en revanche, est bientôt vide.

— Je donnerais tout pour une bonne douche bien fraîche, soupire François en s'éventant avec un magazine.

— À quelle heure on arrive ? demande Annie.

— Un peu après quatre heures, répond Claude en consultant les indications sur son billet.

— J'espère qu'on pourra s'arrêter boire quelque chose avant de partir à vélo pour la ferme ! J'ai l'impression d'avoir traversé le désert... déclare Mick.

Quelques minutes plus tard, le train fait halte dans un endroit parfaitement sauvage. Seules deux maisonnettes sont construites le long de la voie ferrée.

En un clin d'œil, les enfants rassemblent leurs affaires et se précipitent à la porte du wagon. La petite gare a l'air triste, perdue au milieu des champs et des collines. Pourtant, le regard de Claude se met à briller. Elle serre le bras de sa cousine.

— Annie ! Regarde la mer ! Là, derrière la vallée ! Tu ne vois pas ? Je suis sûre que c'est la mer. Elle est d'un bleu !...

— Ah ! je me sens déjà mieux, se réjouit François. Vite, allons chercher nos bicyclettes et demandons le chemin de la ferme de Trémanoir. Mais, avant de partir, il faut se désaltérer.

Le pauvre Mick doit regonfler encore une fois son pneu.

— La ferme est loin ? demande-t-il.

Son frère consulte un panneau de signalisation :

— Non. Elle est à trois kilomètres du village.

— Eh bien, j'ai hâte d'arriver pour boire une limonade !

— Ouah ! Ouah ! approuve Dago.

— Pauvre chien, s'émeut Annie. Il aura encore plus chaud en courant derrière nous ! N'allons pas trop vite !

— Avec mon pneu dégonflé, je ne risque pas de gagner une course... rouspète Mick.

Ils avancent donc doucement. Dagobert les regarde avec reconnaissance. Il ne se plaint jamais lorsqu'il est avec les quatre enfants ; il les aime tant !

Il est cinq heures. C'est une journée calme ; les Cinq ne rencontrent personne. Il fait tellement chaud que les oiseaux eux-mêmes se taisent ; pas de vent, le pays tout entier semble dormir dans le soleil et le silence. Quelle étrange région...

— Ça sent l'aventure ! annonce soudain

François. Mais ça ne nous intéresse pas, hein ? ajoute-t-il avec un sourire en coin. On résistera au moindre mystère qui se présentera à nous !

chapitre 2

La ferme
de Trémanoir

Quelle ravissante promenade jusqu'à la ferme de Trémanoir ! L'air sent bon le chèvre-feuille. Les coquelicots et les bleuets émaillent de taches de couleur les grands champs ensoleillés.

Entre la gare et la ferme, les enfants traversent le village de Trémanoir. Ils découvrent une rue bordée de magasins et de maisons ; plus loin encore, quelques fermes dont les toits d'ardoises grises scintillent dans la lumière. Les jeunes vacanciers n'ont qu'une idée : trouver un café où se désaltérer. Ils ne voient qu'une grande épicerie.

— On va acheter des glaces tout de suite, déclare Claude, pleine d'espoir.

Mais quelle déception : il n'y a pas de

17

glaces ! Heureusement, les bouteilles de jus de fruits sont conservées au frais. Dès qu'ils ont payé leurs achats, les Cinq peuvent étancher leur soif.

— Vous n'êtes pas d'ici, on dirait... constate l'épicière. Vous êtes les enfants que Mme Elouan attend ?

— Oui, répond Annie. On a pris le train pour venir. Que cette citronnade est bonne ! J'ai l'impression que je pourrais en boire des litres et des litres !

La commerçante se met à rire. La fillette l'amuse beaucoup.

— Bien, bien ! Mais vous savez que Mme Elouan doit vous attendre avec impatience !

— Vous avez raison ! acquiesce Mick. On va se remettre en route. Merci !

Ils remontent sur leurs vélos, après avoir trouvé sur la carte la route qui mène à la ferme. Dago s'élance derrière eux ; il est visiblement content.

— Je crois que tu as bu trop d'eau, mon pauvre Dago, remarque Claude. Mais il fait tellement chaud ! Si le soleil continue à briller aussi fort, on sera tout bronzés dans moins de deux jours !

La route monte. Les jeunes cyclistes halètent

et transpirent. Même Dago a ralenti la cadence. Ils arrivent enfin. Ils pénètrent dans la cour de la ferme ; quatre chiens énormes accourent vers eux en aboyant. Dagobert leur répond d'un air méfiant, mais il n'est pas assez fort pour s'imposer.

Une femme apparaît à l'entrée de la maison. Elle a un visage doux et souriant.

— Ici, Ben ! Ici, Bosco ! Ici, Nelly ! Vilain Willy, ici ! N'ayez pas peur, les enfants, c'est leur façon de vous dire « Bienvenue à la ferme de Trémanoir ! »

Maintenant, les molosses font un cercle autour des vacanciers, langues pendantes, oreilles dressées, queues remuantes. Ce sont de très beaux chiens. Trois bergers allemands et un labrador. Dago les regarde l'un après l'autre. Claude le tient par le collier. Elle ne veut pas qu'il se jette sur les quatre chiens ! Mais Dagobert se conduit en un parfait gentleman. Il a pris un air poli, agite doucement la queue. Le labrador court vers lui et lui renifle la truffe. Puis, les trois bergers s'approchent à leur tour. Ils sont très majestueux. Les enfants se réjouissent de voir la sympathie qu'ils manifestent à Dago.

— Tout va bien, conclut Mme Elouan. Les présentations sont faites ! Maintenant, venez avec moi, vous devez avoir envie de manger,

19

de boire et de vous rafraîchir. J'ai préparé un bon goûter.

La fermière est chaleureuse et gentille. Elle conduit ses invités jusqu'à la salle de bains. Celle-ci est grande mais rudimentaire. François, Claude, Mick et Annie se lavent et se coiffent. Ils en ont bien besoin !

Il y a deux chambres au premier étage : une pour les filles et une pour les garçons. Elles sont très petites avec des fenêtres minuscules. Elles semblent sombres, malgré le coucher de soleil rougeoyant à l'extérieur. Deux lits dans chacune, une chaise, une armoire, deux tables de nuit, rien d'autre. Mais quelle vue merveilleuse au-dehors ! D'immenses champs de blé bordés de haies sombres s'étendent à perte de vue. Au loin, de douces collines se dessinent sous le ciel, comme de grandes bêtes paisibles. La chaude lueur du soleil déclinant illumine la campagne et, dans le lointain, la mer miroite.

— On ira à la mer dès qu'on pourra, décide Mick qui a bien du mal à se coiffer, car un épi rebelle se redresse toujours sur sa tête. Et on explorera les grottes dans les falaises. J'espère que Mme Elouan voudra bien nous donner de quoi pique-niquer. Ça nous permettra de passer toute la journée sur la grève.

— Elle acceptera sûrement, ajoute François.

Elle a l'air tellement gentille. Je n'ai jamais vu quelqu'un d'aussi accueillant. Vous êtes prêts ? Descendons, j'ai vraiment faim !

Sur la table, la fermière a déposé un énorme gâteau au chocolat, du pain brioché, de la crème et des fruits. Les pots de confiture à la groseille sont d'une alléchante couleur.

— Vous avez préparé tout ça pour nous ? demande Annie.

— Bien sûr ! répond Mme Elouan.

Elle est petite, dodue et s'affaire gaiement autour des enfants.

— Et il y a encore une tarte aux cerises à la cuisine ! Je connais l'appétit des jeunes : j'ai eu deux filles et trois garçons ! Aujourd'hui, ils sont tous mariés et ils ont quitté la ferme... C'est pourquoi j'aime bien recevoir les enfants des autres, quand je peux.

— Je suis bien content d'être chez vous, déclare Mick en attaquant le gâteau. Et on risque de vous donner du travail, vous savez, on a tout le temps faim comme des ogres !

— Oh ! je n'ai jamais connu d'enfants qui mangent autant que les miens, assure Mme Elouan. Et je peux dire que je n'ai jamais rencontré aucun homme aussi vorace que mon mari ! Vous le verrez bientôt.

— Ça ne m'étonne pas que l'ami de papa

21

ait tant grossi pendant son séjour ici ! s'exclame Claude.

— Oh ! je me souviens très bien de lui ! répond l'hôtesse qui sert maintenant des bols de lait épais et crémeux. Il n'avait que la peau et les os. Il faut dire qu'il passait ses journées à travailler sur ses recherches. Si je n'avais pas été là, il ne se serait jamais interrompu pour déjeuner ou pour dîner ! Il disait « non » à tout, mais je n'y prêtais pas attention. Je continuais à lui mitonner de bons petits plats ; je les gardais au chaud jusqu'à ce qu'il se décide enfin à descendre pour manger ! Et quand vraiment il n'arrivait pas à quitter son bureau, je lui apportais son repas sur un plateau !

À cet instant, des bruits de pas se font entendre dans la cour, et on devine le bruit d'une toux rauque. Bientôt la porte s'ouvre. Le fermier entre. Les enfants l'observent, intimidés. Il est très grand et large d'épaules. Son teint est hâlé par le soleil, et ses cheveux abondants brillent, noirs et bouclés. Ses petits yeux sombres lui donnent un air étrange.

— Voici M. Elouan ! annonce sa femme.

Les jeunes vacanciers se lèvent pour lui serrer la main, mi-effrayés, mi-admiratifs. Il penche la tête et dit bonjour à chacun. Sa main est énorme, poilue. Il s'assoit et laisse sa femme le servir.

— Bon, commence la fermière. Tu as passé une bonne journée ? Comment va la vache ? Elle a eu son petit veau ?

— Ha ! fait le fermier qui s'empare du pain brioché et en coupe sept tranches à la file sous les yeux effarés des enfants.

— Tant mieux ! poursuit la fermière. Je suis contente que la vache aille bien ! Et le petit veau est en bonne santé ? De quelle couleur ?

M. Elouan ne parle toujours pas ; il se contente de faire « oui » de la tête.

— Roux et blanc, comme sa mère ? demande sa femme.

— Hm !

— Ah ! Je suis bien contente !

La fermière semble avoir le don d'interpréter les « Hm » et les « Ha » de son mari.

— Comment on l'appellera ?

Les Cinq s'attendent à entendre le mari répondre par un nouveau grognement, mais il murmure quelque chose qui ressemble à « kin ».

— Oh ! bonne idée : « le Rouquin ». Tu as toujours de l'inspiration pour les noms, monsieur Elouan !

Les enfants sont de plus en plus surpris.

C'est étrange d'entendre la fermière appeler son mari par son nom de famille... M. Elouan absorbe consciencieusement de grosses parts de gâteau, de la confiture, du fromage blanc, de la crème. L'hôtesse saisit le regard de ses jeunes pensionnaires.

— C'est un gros mangeur, hein ? dit-elle fièrement. Mes enfants étaient tous comme ça. Quand ils habitaient encore à la maison, j'avais beaucoup à faire, mais maintenant que je n'ai plus que mon mari à nourrir, je me sens désemparée ! Je suis contente de vous avoir chez moi. Vous me direz si vous avez encore faim.

Ils éclatent de rire, et Dago aboie. Il a eu un délicieux repas, lui aussi : un os énorme ! Il n'en a jamais mangé d'aussi gros ! Il s'est caché pour le croquer, car il avait peur que les chiens de la ferme ne le lui volent !

M. Elouan fait entendre un bruit sourd, tout en fouillant dans sa poche. Il en sort un petit bout de papier plié en quatre et le tend à son épouse qui le lit. Aussitôt elle sourit aux enfants.

— Ha ! Vous allez bien vous amuser pendant votre séjour ici, déclare-t-elle. Les Barnies passeront dans la région cette semaine. Je suis sûre qu'ils vous plairont !

— Qui sont les Barnies ? demande Claude.

— Ce sont des comédiens, explique la fermière. Chaque été, ils parcourent le pays pour présenter leur spectacle. Ils s'arrêtent partout où ils savent qu'ils trouveront des vacanciers, y compris dans les fermes. Et vous verrez : chez nous, ils sont toujours bien accueillis !

— Mais où est-ce qu'ils donnent leurs représentations ?

— Dans notre grange ! Nous recevons ici tous les gens du village.

Mme Elouan rosit de plaisir.

— Parfois même des gens de Trelen.

— Ha ! approuve son mari en hochant la tête.

Lui aussi apprécie les Barnies. Il se met à rire tout seul et murmure quelque chose d'incompréhensible.

— Il dit que vous aimerez surtout le numéro que les comédiens appellent « Clopinant le cheval ». C'est hilarant ! Enfin vous verrez... Quel cheval extraordinaire !

Tout cela semble bizarre. Un cheval qui fait rire ! Les Cinq échangent des regards brillants d'excitation. Ils ont hâte de voir les Barnies !

chapitre 3

Le premier soir

Après ce bon goûter les Cinq se sentent paresseux. Mick profite de ce moment de calme pour aller réparer son vélo.

Mme Elouan commence à débarrasser la table. François, Claude et Annie offrent de l'aider.

— Vous êtes bien serviables, mes enfants, et j'accepte volontiers votre proposition ! Tiens, Claudine, emporte donc ces assiettes à la cuisine.

— Je préfère qu'on m'appelle Claude ! réplique la jeune fille d'une voix soudainement sèche. J'aurais tellement voulu être un garçon...

La fermière reste un instant interdite. Puis son sourire bienveillant s'affiche à nouveau sur son visage rond.

27

— C'est compris ! affirme-t-elle. Tu ne m'entendras plus prononcer ton vrai prénom. Et puis, de toute façon, avec tes cheveux tout courts et tes vêtements de sport, tu ne ressembles pas tellement à une fille !

Claude jubile. Elle s'empare de la pile d'assiettes que lui tend Mme Elouan et va les déposer à la cuisine. Après avoir terminé de débarrasser la table de la salle à manger, les trois enfants vont rejoindre Mick dans la cour. Le jeune garçon a trouvé le trou de sa chambre à air et tente de la réparer.

M. Elouan sort de la grange et se dirige vers l'étable. Il va donner à manger à la vache et à son veau. Les jeunes vacanciers, assis en cercle, l'observent. Il porte une motte de foin énorme ; quelle force il doit avoir ! Il passe devant eux sans dire un mot.

— Mais qu'est-ce qu'il a ? Pourquoi il ne parle pas ? s'étonne François.

— J'ai une bonne explication, répond son frère d'un air malicieux. Je suppose que ses cinq enfants étaient aussi bavards que leur mère et que M. Elouan n'avait jamais la possibilité de placer un mot pendant les conversations familiales ! Et maintenant, c'est trop tard : il a oublié comment faire pour s'exprimer !

— En tout cas, il est vraiment costaud !

ajoute l'aîné. J'espère que je deviendrai comme lui plus tard.

— Pas moi ! Il est beaucoup trop grand ! estime Annie. À tous les coups, ses pieds dépassent du lit et sont gelés toutes les nuits !

— Voilà, l'interrompt Mick. Je crois que j'ai réparé ma roue ! Regardez ce gros clou qui s'était enfoncé dans mon pneu !

Mais, au lieu de contempler l'objet que le jeune cycliste tient à la main, ses compagnons lèvent la tête et fixent l'entrée de la cour. Là, un petit garçon inconnu se tient immobile et observe les Cinq.

— Qui c'est ? chuchote Claude.

— Je n'en sais rien, répond François. Il a surgi de derrière une haie et, apparemment, il ne veut pas s'en aller.

L'enfant porte une salopette bleu clair un peu abîmée aux genoux. Son visage bruni par le soleil laisse voir un regard velouté et sombre.

— Qui es-tu ? demande Mick.

Le garçonnet, effrayé, recule de quelques pas et secoue la tête.

— N'aie pas peur ! Dis-nous comment tu t'appelles ?

— Yann, articule timidement le petit.

— Et d'où viens-tu ? interroge Annie.

Pas de réponse.

— Tu habites dans le coin ? tente François.

Le jeune inconnu demeure muet.

— Bon, Yann, si tu ne veux pas nous parler, ça ne sert à rien de rester planté là à nous observer ! s'emporte Claude. Laisse-nous tranquilles !

— Je reste.

Les enfants sont stupéfaits.

— Eh bien ! dans ce cas, c'est nous qui allons nous installer ailleurs ! décrète François.

Les quatre compagnons se lèvent et font quelques pas en direction du jardin. Mais le garçon les suit. Il les regarde avec une immense curiosité.

— C'est un vrai petit moustique ! grogne Mick. Eh ! Yann !

— Quoi ?

— Va-t'en maintenant !

Le petit le considère toujours avec de grands yeux. Mme Elouan apparaît sur le seuil de la porte.

— Yann vous ennuie ? demande-t-elle. Il est curieux comme un chat... Allez, Yann, retourne chez toi. Donne ça à ton grand-père de ma part.

L'enfant s'empare du paquet de provisions que lui tend la fermière et s'enfuit.

— Qui est ce gamin ? questionne Claude.

— Un petit voisin. Il n'a personne, sauf son

grand-père. Le vieux Loïc est berger, vous le verrez sur la colline. Il a une cabane de l'autre côté du vallon, où il vit, été comme hiver. Et devinez quoi ? Il est le descendant d'une famille de pirates. Il vous racontera d'étranges histoires...Vous savez que cette région était le refuge de pirates, dans le temps ?

— Ah oui ? Et qu'est-ce qu'ils faisaient ?

— Eh bien figurez-vous qu'ils envoyaient de faux signaux aux bateaux perdus en mer pour leur faire croire que le port était proche...

— Et après ? s'enquiert Annie, traversée par un frisson.

— Les navires s'écrasaient alors contre les rochers. Ensuite, les pirates les pillaient, sans pitié, poursuit la fermière d'un air sombre.

Il y a un silence. Puis Claude prend la parole.

— Tout ça, c'est de vieilles légendes ! Moi, je meurs d'envie d'aller voir la mer !

— Vous y serez en dix minutes, déclare Mme Elouan. Allez-y demain, si vous voulez. Mais faites attention : la marée monte très vite ! Elle envahit les cavités creusées au pied des falaises, et, si on ne se méfie pas, on peut se retrouver piégé... Pour ce soir, je vous conseille de faire une petite balade et de revenir vous coucher. Si vous avez un creux, je vous préparerai une omelette lorsque vous rentrerez.

31

— Oh ! je serais absolument incapable d'avaler quoi que ce soit, s'exclame Mick. Mais on va aller faire une promenade, c'est une bonne idée ! On va explorer la ferme.

L'hôtesse les quitte, et le jeune garçon regarde ses compagnons.

— Une omelette ! se récrie-t-il, vous vous rendez compte ! Je veux bien croire que M. Elouan en mangera sûrement une... mais pas nous !

Tout le monde éclate de rire.

La soirée est douce, une brise fraîche descend des collines. Les enfants déambulent en silence, heureux de découvrir la ferme et ses habitants : les canards, les poules et, plus loin, les troupeaux de moutons broutant l'herbe de la colline. Les vaches ruminent, et un vieux cheval s'approche d'une haie pour contempler les nouveaux venus. Les flâneurs caressent ses naseaux veloutés tandis qu'il s'incline pour renifler Dagobert qu'il ne connaît pas. Le chien lui rend son bonsoir.

Les Cinq pénètrent dans les granges sombres. À l'intérieur, cela sent bon le foin et le bois. Annie est sûre que la plus grande servira de salle de spectacle aux Barnies.

— J'ai tellement hâte de les voir ! confie-t-elle. On va sûrement bien s'amuser. Ce doit être merveilleux de parcourir le pays tout l'été pour présenter un spectacle aux vacanciers...

— Si on essayait de monter un numéro, nous aussi ? suggère Claude. On pourrait faire des acrobaties, et...

— Chut ! l'interrompt François, en levant brusquement la main.

Il s'avance tout doucement en direction d'un énorme sac de graines posé au fond de la grange. Dago le suit. Soudain, le chien se met à aboyer de toutes ses forces. Les enfants fixent l'inquiétant recoin.

— C'est encore Yann ! s'écrie l'aîné du groupe, furieux.

Et il tire le gamin hors de sa cachette.

— Tu nous as fait une de ces peurs ! gronde-t-il. Pourquoi tu nous suis, enfin ? Va retrouver ton grand-père et laisse-nous profiter de nos vacances !

Le petit garçon, visiblement effrayé, tourne les talons et s'enfuit à travers champs.

— Tu as été un peu dur avec lui, fait observer Annie. Ça ne servait à rien de hausser le ton...

— Tu as raison, reconnaît François. Mais il m'a fichu une de ces frousses ! On ira lui rendre visite chez son grand-père pour se faire pardon-

33

ner. Et comme ça, le vieux Loïc nous racontera ses vieilles légendes...

Claude ne peut réprimer un bâillement.

— Rentrons maintenant, décide-t-elle. Je tombe de sommeil. Pas vous ?

Comme la jeune fille, ils sont tous épuisés. Ils regagnent la ferme suivis de Dago ; plus loin derrière eux, le cortège des chiens les accompagne. M. et Mme Elouan sont confortablement installés dans la pièce principale, lisant les journaux. La fermière propose de conduire ses jeunes convives jusqu'à leurs chambres, mais ils la prient de ne pas se déranger.

— Bonne nuit, monsieur ! disent-ils poliment en montant l'escalier qui mène au premier étage.

L'homme ne les regarde pas, mais grogne : « Ha ! »

Mick est couché et presque endormi, lorsqu'il entend un étrange bruit par la fenêtre. Il ouvre les yeux et écoute avec attention. « Pourvu que ce ne soient pas des rats, pense-t-il, sinon Annie va être effrayée, et Dago fera du raffut. » Il tente de réveiller son frère en chuchotant :

— François, tu dors ? Tu n'entends pas un petit grattement qui vient de dehors ?

34

Pas de réponse. François est profondément assoupi. Mick demeure étendu dans l'obscurité, guettant le moindre son. À nouveau, il perçoit un grincement. Maintenant, il est sûr que quelqu'un essaie de regarder par la fenêtre.

Le garçon se glisse hors de son lit, traverse la chambre sur la pointe des pieds. Il voit les feuilles du lierre remuer. Il passe brusquement la tête par la fenêtre et retient un cri d'épouvante. Là, tout près de lui, il distingue les contours d'un visage sombre !

Mick est sur le point d'appeler à l'aide, mais soudain il s'écrie :

— Yann ! C'est toi ! Mais qu'est-ce que tu fais là à nous épier ?

Le jeune espion est terrifié. Il se laisse glisser le long du lierre comme un chat, tombe sur le sol avec légèreté. Puis il se sauve en courant.

« J'espère qu'il ne va pas continuer comme ça longtemps, pense Mick en se recouchant, sinon il faudra qu'on lui donne une bonne leçon ! »

Il ne met pas longtemps à se rendormir. Dans la ferme, personne n'ouvre plus les yeux, jusqu'à ce que retentisse le chant triomphant du coq :

« Cocorico ! »

Dans les grottes

Les trois premiers jours à la ferme de Trémanoir s'écoulent dans la paresse et le bien-être. Les enfants se promènent au soleil, s'asseyent dans les champs, contemplent les troupeaux. Ils mangent copieusement, dorment bien et jouent avec les chiens. Yann les suit partout. Lorsqu'ils pique-niquent dans une prairie, il se cache derrière une haie et les observe de ses grands yeux brûlants.

— Ça ne sert à rien de lui dire de partir, bougonne Claude. Il disparaît derrière une haie et surgit d'une autre. J'espère qu'il va bientôt se fatiguer de nous espionner...

— Je crois qu'il est seulement curieux, tempère Annie. D'ailleurs, tu vois bien que Dago l'a adopté : il ne gronde jamais en sa présence et joue tout le temps avec lui !

37

À cet instant, deux yeux sombres apparaissent entre les branches d'un arbre, et le chien s'élance vers l'enfant en jappant de plaisir.

— Dago, viens ici ! crie sa maîtresse.

Sa voix est si sévère que l'animal revient s'asseoir près d'elle, la tête basse. Quant à Yann, il disparaît tellement vite que les enfants restent médusés.

— Ce gosse m'intrigue, confie Mick. Depuis que je l'ai découvert agrippé au lierre pour nous espionner, je me méfie beaucoup de lui...

— Il n'est sûrement pas méchant puisque Dago l'aime, répète Annie.

— Il a pu se tromper cette fois-ci, intervient Claude sèchement. Il lui arrive de faire des erreurs de jugement.

— Bon, coupe François. Si on allait se baigner ? Prenons nos vélos, Yann ne pourra pas nous suivre.

Ils partent donc, munis de chaussons aux pommes que Mme Elouan leur a confectionnés. Ils prennent la route vers la mer. C'est un étroit chemin qui serpente dans les collines.

— Regardez la mer ! crie soudain Annie.

Le sentier descend entre deux hautes falaises. D'énormes vagues se brisent contre les récifs avec de grands jaillissements d'écume. Les

38

enfants laissent leurs bicyclettes derrière un rocher et se mettent en maillot de bain. Entre les falaises, il y a une crique où la mer est plus calme.

Les jeunes vacanciers se baignent, mais l'eau est glacée. Ils nagent vivement pour ne pas prendre froid, tandis que Dago patauge. Puis ils pique-niquent dans les rochers, s'allongent au soleil, et, une fois reposés, ils décident d'aller explorer la plage au pied des falaises.

— C'est super ! s'écrie Claude. Des grottes, encore des grottes et toujours des grottes ! Des récifs blancs et roux ! Que c'est beau ! Mais à marée haute, tout doit être recouvert d'eau.

— Sûrement, répond Mick, et la plupart de ces cavernes doivent être envahies par les vagues. Ce n'est pas étonnant que Mme Elouan nous ait conseillé de bien faire attention aux heures de marée !

— Eh ! s'exclame soudain François. Vous avez vu ? Yann nous a suivis !

Derrière un rocher couvert de varech, la tête ébouriffée de l'enfant apparaît.

— Il a dû courir tout le long du chemin jusqu'ici ! ajoute Claude. De toute façon, il est temps de partir, la mer monte.

— Et Yann, il ne risque pas d'être emporté

par le courant ? Vous croyez qu'il connaît bien les marées ? s'inquiète sa cousine.

— Mais oui ! répond Mick. Il a toujours vécu au bord de la mer ! Allez, remontons ! On a tout juste le temps de reprendre le sentier.

Ils grimpent jusqu'au rocher où ils ont garé leurs vélos. Ils s'assoient et dégustent les chaussons aux pommes de Mme Elouan.

— Elle est vraiment bonne pâtissière ! commente François.

La marée avance rapidement, et bientôt les quatre cousins entendent des vagues gigantesques s'abattre contre les rochers.

— Je suis inquiète pour Yann, murmure Annie. J'espère qu'il a quitté les cavernes avant que l'eau ne les ait envahies...

— Tu as raison, reconnaît Claude. Il ne faudrait quand même pas qu'il se noie...

Les quatre cousins s'approchent le plus possible du bord de la falaise, mais ils ne voient pas le garçonnet.

— La plage est complètement recouverte par la mer ! s'écrie François. Je comprends maintenant les dangers de la marée. Elle monte terriblement vite ! Les vagues entrent dans la dernière grotte que nous avons visitée.

— Et Yann ? frémit Mick. Qu'est-ce qu'il lui

est arrivé ? On ne l'a pas vu remonter par le sentier !

Le jeune garçon parle fiévreusement, et son frère commence à être angoissé lui aussi. Il hésite : est-il prudent de s'aventurer encore un peu sur les rochers ? La dernière vague l'en dissuade. Ce serait une folie. Une autre vague pareille à celle-ci, et les Cinq seraient précipités au fond de la mer... Les enfants reviennent sur leurs pas.

Ils font la route en silence. Ils ne peuvent s'empêcher de s'inquiéter pour le petit garçon. Lorsqu'ils arrivent à la ferme, ils interrogent Mme Elouan.

— Vous pensez que Yann a pu être renversé par une vague et se noyer ? demande Annie.

Le visage de la fermière s'assombrit.

— Je ne sais pas. Il connaît son chemin et pourrait le faire les yeux fermés... Mais parfois, la mer est tellement déchaînée que personne ne peut en réchapper...

Tout cela n'est pas très rassurant... Les enfants regrettent amèrement d'avoir abandonné le petit garçon au pied des falaises. Après le dîner, ils vont de nouveau se promener. Ils s'installent en bordure d'un chemin bordé de noisetiers.

— Regardez ! s'écrie Claude tout à coup.

41

Elle tend le doigt vers un chêne tout proche.
Les autres tournent la tête. Deux yeux noirs les
surveillent de derrière le tronc épais.

— Yann !

Annie est tellement contente de le revoir
qu'elle s'exclame :

— Yann, tu veux un bonbon ?

Le garçonnet accourt aussitôt, la main tendue ; pour la première fois, il sourit. Son petit
visage s'illumine. Les Cinq lui rendent son sourire. Ils sont tellement soulagés de le savoir sain
et sauf ! Quant à Dago, il sautille dans tous les
sens ; il a toujours aimé Yann. Il lui lèche les
genoux, et les bras. Il est si fort qu'il pourrait
renverser le petit garçon. Celui-ci éclate de rire,
se prend au jeu et court après le chien. François, Mick et Annie, autour d'eux, s'amusent
follement. Seule, Claude a l'air bougon. Évidemment, elle se réjouit de savoir que Yann ne
s'est pas noyé, mais elle est jalouse de l'affection que lui témoigne Dago.

Le garçonnet revient demander d'autres bonbons et les met tous à la fois dans sa bouche.
Il a l'air d'avoir mal aux dents, tellement sa
joue est gonflée.

— Venez voir mon grand-père, dit-il avec
autorité, il vous racontera plein d'histoires.

 42

Et, comme les autres ne répondent pas assez vivement, il insiste :

— Mon grand-père aime aussi les bonbons.

François éclate de rire.

— D'accord, on ira le voir demain après-midi.

— Super ! se réjouit Yann.

Il sort les trois bonbons de sa bouche, les examine pour voir s'il en reste encore beaucoup à sucer, puis les engloutit de nouveau.

— Dis, j'ai quelque chose à te demander, intervient Mick. Comment es-tu revenu de la plage cet après-midi ? Tu as grimpé le long du rocher ?

— Non. J'ai pris le chemin des pirates, c'est grand-père qui me l'a montré.

Et il s'enfuit avant même qu'on ait eu le temps de lui poser une autre question.

— Vous avez entendu ça ? Le « chemin des pirates » ! répète Annie.

— Ça n'explique pas comment Yann a pu rester sur la plage alors que la marée montait si vite, commente François, l'air perplexe. Je n'y comprends rien. Où est ce chemin ? Je crois qu'on devrait rendre visite au vieux Loïc demain. Il répondra sûrement à nos questions...

— D'accord, concède Claude. Mais après ça, je ne veux plus entendre parler de ce Yann !

— Oh ! ne sois pas si dure ! tempère sa cousine. Après tout, il n'a pas l'air méchant...

— Et s'il persuade son grand-père de nous livrer le secret du chemin des pirates, on s'amusera beaucoup ! ajoute Mick.

— Ça peut même nous conduire vers l'aventure, prévient François d'un air malicieux.

chapitre 5

Yann et son grand-père

Le jour suivant est un dimanche. Mais pour les Elouan, ça n'a guère d'importance, ils se lèvent toujours aussi tôt : les vaches, les chevaux, les poules et les canards ne se soucient pas de la grasse matinée dominicale. Il faut les nourrir à la même heure que les autres jours.

— Voulez-vous m'accompagner au marché ? demande la fermière après avoir rempli la dernière mangeoire de l'étable.

— Oh, oui ! acquiescent les enfants. On tiendra Dago en laisse pour qu'il ne se jette pas sur les stands de poulets rôtis ! Et, cet après-midi, on a l'intention d'aller rendre visite au vieux berger.

— C'est une bonne idée, répond Mme Elouan. Yann vous montrera le chemin.

Moi, je vous préparerai un bon repas ! Vous aimez la salade de fruits avec de la crème fraîche ?

— On adore ça !

— Tant mieux ! se réjouit la fermière. Mais il faudra que vous me donniez un coup de main pour préparer le reste du repas. Vous éplucherez les légumes.

Le visage de Claude se renfrogne. Elle déteste ce type de corvée. Mme Elouan charge ses jeunes hôtes de deux paniers de pommes de terre et de carottes. Les cousins s'assoient sur le perron de la ferme pour profiter de la chaleur du soleil. Ils ne sont pas longtemps seuls. Les quatre chiens de Mme Elouan viennent tourner autour d'eux.

— Ouah ! fait un des bergers allemands, en provoquant Dagobert.

— Dag ! Il te demande d'aller jouer avec lui, explique Claude. Va t'amuser !

L'animal lèche la main de sa jeune maîtresse et s'enfuit gaiement. Les enfants le regardent se livrer à un combat amical avec les chiens de la ferme. Les quatre molosses affrontent Dago qui se défend fort bien.

— Regardez-le, commente Claude fièrement, il peut les tenir à distance d'une seule main.

— D'une seule patte, tu veux dire ! corrige Annie avec un clin d'œil.

Maintenant, les cinq chiens se livrent à une course effrénée. Dagobert est rapide comme le vent. Tout en observant la joyeuse scène, les jeunes vacanciers épluchent les légumes. Claude, qui veut terminer rapidement sa besogne, n'est pas très soigneuse ; sans le vouloir, elle bombarde ses voisins de morceaux de carottes.

— Fais un peu attention ! gronde François. J'en ai reçu dans le cou !

— Ah ! s'écrie Annie en levant la tête. Voilà Yann.

Il arrive en marchant avec légèreté, presque en sautillant. Son sourire est charmant. Avant même de dire bonjour il tend la main pour demander un bonbon.

— Yann, si tu veux un bonbon, tu dois nous aider à couper les pommes de terre, prévient Mick.

Mme Elouan apparaît soudain.

— Mais qu'il se lave les mains d'abord !

Yann regarde ses mains et les cache derrière son dos.

— Va à la salle de bains, insiste la fermière.

Mais Yann fait « non » de la tête, et s'assoit un peu plus loin.

— Bon, ne te lave pas les mains... intervient Claude. Mais tu ne mangeras pas de bonbons !

Le petit garçon lui lance un regard furieux. Il ne l'aime pas beaucoup, lui non plus. Et, soudain, il ramasse une épluchure de carotte et la jette au visage de la jeune fille. Cette dernière voudrait fondre sur son jeune agresseur, mais elle se retient en raison de la présence de Mme Elouan.

— Grand-père a dit qu'il vous attendait, déclare Yann. Je vous conduirai.

— D'accord, répond François. On ira cet après-midi.

— Si vous voulez m'accompagner au marché, il serait temps de vous préparer, avertit Mme Elouan. Ah ! c'est fantastique ! Vous m'avez déjà épluché tout ça ! C'est mon mari qui va être content. Il adore les pommes de terre et les carottes, il pourrait en avaler des kilos.

Elle disparaît de nouveau dans la maison. Les enfants emportent les légumes à la cuisine et se tartinent le visage de crème solaire. Quelques minutes plus tard, ils s'élancent sur la route qui mène au village, à la suite de la fermière.

Le chemin est vraiment ravissant, bordé de genêts et d'acacias. L'air sent bon. Annie coupe des brins de chèvrefeuille et les glisse dans ses cheveux. Le marché se tient à l'ombre des

48

tilleuls : il n'est pas grand, mais très vivant. Sur les étalages reposent des légumes colorés et des fruits juteux. Des poulets dorés tournent sur les broches des rôtisseries. Les commerçants interpellent de leurs voix sonores les clients qui arpentent l'allée, pour vanter la qualité de leurs produits. Mme Elouan connaît bien le boucher car c'est lui qui se charge de vendre les volailles de sa ferme.

Lorsque les enfants quittent le marché, ils se sentent affamés. Toutes ces bonnes odeurs ont éveillé leur appétit. Ils retrouvent Yann, qui les attend près de l'étalage d'une crémerie.

— Vous viendrez voir grand-père ? demande-t-il.

— Oui, cet après-midi. Tu nous montreras le chemin. Madame Elouan, est-ce que Yann peut déjeuner avec nous ?

— Mais bien sûr... répond la fermière. À condition qu'il se lave les mains avant de passer à table ! ajoute-t-elle avec un clin d'œil.

Après avoir savouré un repas succulent – un rôti de veau accompagné de carottes et de pommes de terre, et, pour le dessert, une exquise salade de fruits à la crème –, les enfants partent pour la bergerie du vieux Loïc. En chemin, ils échangent leurs impressions sur M. Elouan.

— Vous avez remarqué la montagne de pommes de terre qu'il a avalée ? demande Annie d'un air consterné. Ça ne m'étonne pas qu'il ne sache plus s'exprimer : il a tout le temps la bouche pleine !

Le chemin jusqu'à la cabane du berger est très long. Yann marche fièrement en tête. La petite troupe traverse des champs et longe des ruisseaux. Ils aperçoivent des chevaux qui galopent dans leur pré et des chèvres qui broutent. Enfin, ils arrivent au sommet de la plus haute colline. Là, d'immenses troupeaux paissent dans le silence d'une nature heureuse.

Le vieux berger est assis près de sa maisonnette : il fume la pipe. Son visage est ridé comme une vieille pomme. Malgré sa petite taille et son grand âge, il garde une apparence assez élégante et pleine de santé. Il a le même sourire que Yann, un sourire éblouissant qui fait briller ses yeux, bleus comme un coin de ciel. Ses épais sourcils broussailleux, sa barbe frisée et ses cheveux sont gris, d'un gris très clair pareil à la laine des moutons qu'il surveille.

— Soyez les bienvenus, lance-t-il. Mon petit-fils m'a beaucoup parlé de vous.

— On a apporté des gâteaux de la part de Mme Elouan, annonce Mick. On aimerait que vous nous racontiez des histoires... C'est vrai que votre père était un des plus fameux pirates de son temps ?

Le vieux Loïc fait « oui » de la tête. Puis, il commence à parler, lentement et simplement. L'homme a un air sage et des yeux profonds.

— Vous avez vu ces rochers en bas de la côte de Trémanoir ? Des rochers hantés, faits pour le malheur des navires et des hommes. De nombreux vaisseaux se sont brisés sur cette côte, et la plupart des naufrages ont été provoqués volontairement par des bandits. Cela peut vous paraître incroyable, mais c'est vrai.

— Comment ces naufrageurs s'y prenaient-ils pour attirer les bateaux ? demande Annie, d'une voix tremblante.

Le berger baisse la voix, comme s'il craignait d'être entendu.

— Il y a cent ans, plus bas, le long de la côte, il y avait un phare destiné à guider les navires. Les marins manœuvraient leur embarcation en évitant les récifs grâce à cette lumière qui les guidait le long du rivage. Mais, par certaines nuits de tempête, un autre faisceau lumineux s'allumait un peu plus loin et attirait les bateaux égarés vers les rochers de Trémanoir ; les navigateurs pensaient qu'il s'agissait du signal du phare et se laissaient guider... Ils venaient alors se fracasser contre les falaises.

— Oh !... souffle Claude. C'est horrible...

— Malheureusement, les hommes sont parfois d'une grande cruauté, répond Loïc. Même mon vieux papa, qui était un brave homme... pourtant, c'est lui qui allumait cette lumière, grâce à une lampe à huile comme il en existait à l'époque, et il conduisait les bateaux à leur perdition.

— Vous avez assisté au naufrage d'un navire ? demande François, imaginant le bruit terrible de la tempête et les hurlements des marins engloutis dans l'abîme.

— Oui, j'ai vu tout cela... acquiesce le grand-père avec un regard lointain. On m'envoyait vers les falaises avec les pirates. Je transportais les sacs dans lesquels serait chargé le butin. Je me rappelle avoir vu de pauvres épaves ! Elles gémissaient comme des êtres vivants avant de sombrer dans la mer. Ensuite, il fallait rapporter les marchandises que la mer rejetait... Une fois, j'ai même aperçu le corps d'un noyé qui gisait sur la grève.

— Quelle histoire atroce... commente Claude, livide. D'où les pillards projetaient-ils leur lumière ?

— Je vais vous montrer ce lieu maudit. Il n'existe qu'un endroit d'où on puisse l'apercevoir. Suivez-moi.

Il conduit ses hôtes à travers champs. Entre deux buttes, les enfants peuvent voir, au loin, une vieille maison attenante à une tour en ruine. Bâties probablement sur un récif proche de la rive, elles ne sont visibles que de ce point précis. Plus loin, l'une ou l'autre des collines les cachent.

— C'est de cette tour qu'était diffusé le faisceau lumineux, explique le berger. J'avais dix ans quand mon pauvre père est mort. Après sa disparition, je n'ai plus jamais participé à ces horribles naufrages. Mais en surveillant mes moutons, j'ai souvent revu la lumière et entendu les appels angoissés des marins... je savais alors qu'un navire s'était fracassé et que les pirates allaient le dévaliser...

— Il vous arrive encore d'apercevoir le faisceau ?

— Oui, trois fois par an, pendant l'été. Durant les nuits d'orage, quand les vaisseaux cherchent désespérément leur chemin sur une mer déchaînée, dans les hurlements sinistres du vent. La tour est en ruine... et, pourtant, la lumière brille ! Que la tempête se déchaîne et elle s'allumera encore, je le sens !

chapitre 6

Un conte
étrange

Les Cinq frissonnent, malgré la chaleur du soleil. Le vieux berger dit-il la vérité ? Des pirates allument-ils encore leur rayon meurtrier dans la vieille tour en ruine ? Tout le monde s'achemine de nouveau, lentement, vers la bergerie. Les enfants sont absorbés par leurs pensées.

« Les pirates, ça n'existe plus aujourd'hui... », songe François.

— Moi aussi, j'ai vu la lumière ! déclare soudain le petit Yann.

Loïc jette un regard ennuyé à son petit-fils.

— Ne fourre pas ton nez partout... tu n'as rien vu du tout : tu dors comme un bébé toute la nuit.

— Je l'ai vue, s'obstine l'enfant.

55

Mick change de sujet :

— Monsieur Loïc, comment se fait-il que les habitants de la région et la police n'aient jamais intercepté les naufrageurs quand ils se rendaient à la vieille tour ? Ils empruntaient un chemin secret ?

Le grand-père a l'air gêné.

— Oui... C'est mon père qui m'avait révélé l'existence d'un souterrain. Mais j'ai juré de ne le montrer à personne.

— Moi, je connais la route ! lance le petit Yann d'un ton malicieux.

Et il disparaît derrière un talus de hautes herbes. Le berger se retourne et le cherche partout sans le trouver.

— Ne l'écoutez pas. Mon petit-fils ne sait rien du tout ! Il a de l'imagination, c'est tout. Il a dû entendre raconter la légende et il l'a prise pour une réalité. Je suis le seul à avoir la clef du mystère.

— Ah ! fait François, désappointé.

Il espérait que, grâce au vieux Loïc, ils auraient un nouveau terrain d'exploration.

« Tant pis, pense-t-il. On le trouvera peut-être par nous-mêmes : ce sera encore plus amusant ! »

Annie regarde au loin la tour en ruine entre les deux collines. Les pirates ont été très malins de choisir un endroit aussi bien caché. Personne n'a jamais pu découvrir d'où venaient les signaux.

Le grand-père semble maintenant perdu dans ses souvenirs, puis il se met à raconter des légendes des temps anciens. L'une est l'histoire d'une femme que la population, autrefois, soupçonnait d'être une sorcière. Les quatre cousins ne quittent pas des yeux cet étrange personnage. À travers ses récits, ils se sentent emportés vers un monde de magie, de fées et de pirates. Maintenant assis au soleil, sur le seuil de la cabane, les enfants regardent le paisible troupeau. Deux agneaux viennent se blottir contre le berger, posant leur museau sur ses genoux.

— J'ai nourri ces petits au biberon, ils s'en souviennent toujours.

Yann mange une part du gâteau préparé par Mme Elouan. Il sourit souvent à Annie, il l'aime bien ; la fillette, quant à elle, le trouve drôle. Et puis elle a pitié quand elle pense que l'enfant a perdu ses deux parents. Au loin, les cloches sonnent dans la campagne tranquille, et le ciel, d'un bleu très pâle, se teinte de l'éclat rougeoyant du soleil couchant.

— Il faut qu'on rentre, maintenant, annonce François, le chemin est assez long. Merci pour ce bel après-midi, monsieur Loïc.

57

— Je vous en prie, jeunes gens. Ça faisait bien longtemps que je n'avais pas raconté toutes mes histoires... D'habitude, quand j'ai envie de parler, je me tourne vers mes brebis. Elles savent être très attentives...

Les Cinq répriment un rire, car l'homme est très solennel. Ils disent au revoir et s'éloignent.

— Vous croyez qu'il disait la vérité, à propos de la tour ? interroge Mick.

— Il y a une seule façon de le savoir, répond Claude tout excitée. Attendons une nuit d'orage et allons voir !

— Ah oui ? demande François, l'œil taquin. Et notre bonne résolution, alors ? « Pas d'aventure cet été ! » Ce n'est pas ce qu'on avait décidé ?

— Oh ! fait sa cousine en haussant les épaules.

— Quand même, intervient Annie, on doit respecter notre serment !

Mais elle sait bien ce qu'en pensent les autres.

— Eh ! s'écrie soudain Mick. Regardez toutes ces voitures qui circulent sur la route qui mène à la ferme Elouan !

Plusieurs véhicules apparaissent. Certains tirent des remorques chargées de bagages et de

58

décors. Parmi les passagers, on distingue des hommes, des femmes, des vieux, des jeunes, tous vêtus de costumes colorés.

— Qui c'est ? demande Claude.

Sur la plus grande des fourgonnettes, en lettres de couleur, est écrit : *LES BARNIES*.

— Oh ! ce sont les comédiens dont nous a parlé la fermière ! ceux qui sillonnent la France pour présenter leur nouveau spectacle !

Les artistes aperçoivent les jeunes vacanciers. Un homme vêtu d'une redingote de velours et portant une longue épée saute hors d'une voiture et se plante devant eux. Il leur distribue des papiers, sur lesquels sont inscrits les vers suivants :

Les Barnies arrivent.
Ils chanteront, danseront, joueront
des comédies de toutes sortes :
Edith Vallée la chanteuse rossignol,
Roland Carter le danseur de la Belle Époque,
Corinne Coste et son violon,
Franck Roger le meilleur ténor du monde
et tous les autres.
Nous vous présenterons aussi Clopinant,
le cheval le plus drôle du monde.
Les Barnies arrivent.

— Super ! s'exclame Annie.

Elle s'approche des véhicules.

— Vous allez jouer à Trémanoir ?

— Bien sûr ! répond une femme aux yeux rieurs. On y donne une représentation tous les ans. Vous séjournez là ?

— Oui, répond la fillette, les yeux brillants.

— Ce soir, on sera à la ferme de Denoal. Mais demain, on s'installera chez les Elouan...

L'actrice est interrompue par un bruit de klaxon. C'est le conducteur de la première voiture qui lui fait signe qu'il faut repartir. Le cortège s'éloigne, emportant ces hommes et ces femmes déguisés de costumes extraordinaires.

— J'ai hâte de voir leur spectacle ! affirme François. Ils ont l'air sympa.

— Tous, excepté le type qui conduisait la première voiture, vous avez remarqué ? Il avait l'air méchant ! observe Mick.

— C'est probablement le directeur de la troupe, avance sa cousine. Il doit avoir beaucoup de responsabilités. Bon ! Où est Dago ?

La jeune fille siffle. Yann les suit comme toujours et Dago joue encore avec lui.

La ferme est paisible, presque endormie. Un cheval en liberté trotte dans un champ ;

tout inspire la joie. Dans la cour, des pas résonnent ; c'est M. Elouan. Il grogne quelque chose et entre dans la grange. Annie murmure :

— Il est vraiment bizarre. Je l'imagine très bien vivant autrefois parmi les bandits de la mer !

— Oui, je vois ce que tu veux dire, renchérit François. Il a un air tellement farouche... je suis sûr qu'il ferait un excellent pirate !

— Tu penses qu'il y a toujours des naufrageurs ? questionne sa sœur. Et que cette lumière brille réellement dans les nuits de tempête ?

— Je n'en sais rien... Ce berger est très vieux ! Il perd peut-être un peu la tête.

— Mais Yann prétend avoir vu le faisceau lumineux...

— Yann raconte n'importe quoi, coupe Claude.

— Qui sait ? insiste la benjamine du Club des Cinq. Peut-être est-ce le fantôme de son père qui poursuit son travail de bandit ?

Il y a un silence.

— Il n'y a qu'une chose à faire, annonce Mick. Grimper nous-mêmes dans la tour. Et là, on verra bien ce qu'il en est.

Cette phrase est suivie d'un autre silence. Annie se hasarde :

— On a dit qu'on ne s'occuperait plus de percer des mystères.

— Oh ! ce n'est pas tellement mystérieux ! la rassure François. Il s'agit seulement des souvenirs d'un vieillard qui a dû voir un éclair par une nuit d'orage. On peut très bien aller explorer les ruines. Ça n'a rien de dangereux !

— Moi, je suis partante, affirme Claude. On emmènera Dago, il nous protégera.

— Bon, d'accord, concède sa cousine. J'accepte.

— Bravo ! Tu n'es pas une poule mouillée ! la félicite Mick en lui donnant une bonne bourrade. Mais tu n'es pas obligée de venir, si tu as peur. On te racontera tout à notre retour.

— Sûrement pas, riposte Annie d'un air déterminé. Je veux connaître la vérité sur cette mystérieuse tour !

— Très bien, on s'y rendra dès demain, conclut François.

À cet instant, la voix de Mme Elouan se fait entendre.

— Les enfants, venez dîner, vous devez avoir faim !

Le soleil est couché. Claude regarde le ciel avec étonnement.

— Regardez ces nuages noirs, dit-elle.

L'orage est proche ! Il a fait tellement chaud aujourd'hui... On devrait peut-être aller surveiller la tour ? Rappelez-vous : c'est dans les nuits de tempête que la lumière s'allume !

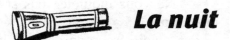

chapitre 7

La nuit

Avant que les enfants aient fini leur dîner, le ciel est envahi par l'obscurité. L'orage est de plus en plus menaçant et bientôt un roulement de tonnerre se fait entendre.

Le labrador vient chercher du réconfort sous les jupes de Mme Elouan ; il a horreur des orages. C'est amusant de voir ce gros animal se comporter comme un tout petit chiot. La fermière le caresse, tandis que son mari grogne.

— M. Elouan trouve que ce chien est aussi peureux qu'une souris. Il le fera dormir dans notre chambre cette nuit.

De nouveau le tonnerre gronde, tandis que des éclairs d'un bleu métallique déchirent le ciel.

— D'ailleurs, ajoute-t-elle, si tu dois te lever

65

cette nuit pour voir le poulain, il faudra faire attention que Ben, Willy et Bosco n'aboient pas trop.

Elle se retourne vers les enfants :

— Ne vous inquiétez pas si vous les entendez glapir...

Les éclairs se rapprochent, la mer doit être démontée, la pluie tombe dru. Sur le toit les gouttes rebondissent, avec un crépitement sec. Les Cinq vont jouer aux cartes dans la salle à manger. Dagobert s'assoit tout contre Claude et pose la tête sur ses genoux. Il n'a pas peur, mais il n'apprécie pas particulièrement la tourmente.

— Je pense qu'on devrait aller se coucher, dit enfin Annie.

Elle sait que les Elouan aiment dormir de bonne heure, ils se lèvent si tôt ! Les cousins disent bonsoir et se retirent dans leurs chambres. Les fenêtres sont encore ouvertes. Le vent fait danser les petits rideaux. Au loin, les collines illuminées par les éclairs apparaissent et disparaissent tour à tour, comme par magie. Les enfants observent ce bel orage. Une impression de puissance et de majesté se dégage de cette tempête. Les vagues doivent être énormes, montant à l'assaut des falaises obscures.

— Si on allait à l'endroit que le berger nous a montré ? propose Claude.

— Bof, répond François. On va se faire tremper ! Ça n'a aucun intérêt d'être dehors par ce temps.

— Tu as raison, reconnaît la jeune fille.

L'orage tourne au-dessus de la région. Il dure encore quelque temps. Pourtant, les filles s'endorment vite. Mais les garçons se sentent nerveux.

— Je ne trouve pas le sommeil, confie Mick à son frère. Je voudrais savoir si le grand-père a dit vrai, si la lumière de la tour est allumée.

— Bon, c'est d'accord, répond François en s'habillant. De toute façon, je n'arrive pas non plus à dormir.

La nuit est très chaude. Les garçons prennent une lampe électrique. Ils avancent sur la pointe des pieds dans le couloir et passent sans bruit devant la chambre des Elouan. Une marche de l'escalier craque. Ils se figent, inquiets d'avoir peut-être réveillé le labrador. Au bout de quelques secondes, ils sont rassurés et reprennent leur descente.

— On sort par la grande porte, ou par-derrière ? chuchote Mick.

— Par-derrière. Celle de devant est trop difficile à ouvrir.

Ils passent donc par la cuisine. Ils parviennent à tirer le verrou sans faire trop de bruit. C'est toute une affaire. Enfin, ils se trouvent dehors. La pluie a cessé, mais le ciel est encore noir ; au loin l'orage gronde toujours. Un vent frais s'est soudain levé, frappant les enfants au visage.

— Ça fait du bien, ce petit vent ! murmure l'aîné. Maintenant il faut traverser la cour. Et, si on veut prendre le raccourci, il faut passer par le premier pré sur la droite.

La cour est sombre et étrangement silencieuse, alors que tout le jour on y entend des jacassements de volaille, des aboiements de chiens, des hennissements de chevaux. Les deux frères passent devant l'écurie et entendent Tango, le poulain.

— Allons voir s'il va bien !

Ils tournent leur lanterne afin d'éclairer l'étable et découvrent le jeune cheval debout sur ses longues pattes, mâchant tranquillement un peu de foin. La pluie recommence à tomber, et il est difficile de gravir le chemin boueux entre les hautes herbes. Il fait très sombre.

— Oh ! François ! tu as entendu ?

— Non, quoi ?

Les garçons tendent l'oreille.

— J'ai entendu tousser, murmure Mick.

— Ce doit être l'un des moutons.

— Mais, non ! ce n'était pas un mouton ! Je

crois qu'il y a quelqu'un dans les champs, au croisement des sentiers.

— Tu as trop d'imagination. Qui serait assez fou pour se promener à cette heure... à part nous ? Il n'y a sûrement personne.

De nouveau, le tonnerre retentit un peu plus près, puis un éclair zèbre la nuit. Mick s'accroche au bras de son frère.

— Je t'assure qu'il y a quelqu'un devant nous, insiste-t-il. Je l'ai vu dans la lumière de l'éclair ! Il est là, immobile à la croisée des chemins ! On dirait qu'il scrute la nuit et... qu'il attend quelqu'un ! Ah... il hésite. Quel chemin va-t-il prendre ?

Un autre coup de foudre déchire l'obscurité.

— Je l'ai vu moi aussi ! s'alarme François. Il a choisi le chemin qu'on allait suivre... Il va peut-être vers les collines pour découvrir les pirates comme nous... Mais je suis sûr qu'il s'est retourné, qu'il nous a repérés !

— Non, je ne crois pas... Viens, suivons-le !

Les deux jeunes explorateurs montent prudemment entre les haies. L'inconnu a disparu. Il s'est peut-être caché ? Ou les épie-t-il dans l'ombre ? Soudain une main se referme durement sur l'épaule de Mick. Ce dernier se débat comme un beau diable, mais la prise est si forte qu'il ne peut s'empêcher de crier. François voit que la même poigne de fer s'apprête à s'abattre sur lui, mais il a tout juste le temps de se glisser de l'autre côté de la haie.

— Laissez-moi partir ! hurle son frère.

Sa chemise est presque arrachée, il s'agrippe au poignet de son agresseur et finalement il réussit à se sauver en lui abandonnant un grand lambeau de tissu. Il court se cacher lui aussi sous un buisson dans l'obscurité. Il entend l'homme s'approcher en grognant et il s'enfonce encore plus profondément sous les branches d'un petit arbre. Une lumière balaye le sol tout près de lui. Enfin, Mick entend les pas de l'inconnu s'éloigner et il sort de sa cachette.

— François, murmure-t-il.

La voix de son frère, toute proche, lui répond.

— Je suis là. Tout va bien ?

— Oui. Mais j'ai perdu ma lampe. Tu es dans l'arbre ?

Des doigts lui touchent les cheveux.

— Sur la première branche. Je me suis d'abord caché dans la haie, et puis j'ai grimpé. Je n'ai pas osé braquer ma lumière sur ce bandit.

— Il est parti, mais il m'a fait très mal à

 70

l'épaule ! Il a même déchiré ma chemise.
C'était qui ? Tu l'as vu ?

— Non, répond l'aîné en sautant à terre.
Mais essayons de retrouver ta lampe. Ce serait
dommage de l'avoir perdue, on en aura encore
besoin.

Comme François ne veut toujours pas se risquer à se servir de sa propre torche électrique,
ils cherchent à tâtons. Enfin, ils mettent la main
dessus. Soudain, Mick se redresse.

— Écoute ! Je suis sûr que ce sale type
revient, j'ai entendu sa petite toux sèche.
Qu'est-ce qu'on doit faire ?

— On va se cacher et le suivre pour voir où
il se rend.

— D'accord. Enfonçons-nous dans les buissons.

Les pas se rapprochent ; de nouveau l'inconnu tousse.

— J'ai déjà entendu ce bruit quelque part...
murmure Mick.

— Chut !

Ils attendent que l'homme se soit un peu éloi-
gné sur la colline, puis ils le suivent avec pru-
dence, le plus silencieusement possible. Bientôt,
le ciel s'éclaire un peu et ils aperçoivent une
ombre à quelque distance devant eux.

Retenant leur souffle, ils avancent : leur cœur bat très fort.

— C'est peut-être un employé de la ferme ? murmure François. Il s'est arrêté et a l'air de redescendre vers les granges.

En effet, l'inconnu s'achemine maintenant vers la cour qui jouxte la maison de M. et Mme Elouan. Il traverse le potager puis se dirige vers la porte d'entrée. Va-t-il dévaliser la ferme ? Est-ce un voleur ? Les garçons sentent l'angoisse les envahir. Ils pressent le pas. Mais le bruit *d'une clef* les force à s'arrêter.

— Il... il est entré ! constate François, tout étonné.

— Ça y est, je comprends ! s'écrie Mick. Il me semblait bien que cette toux me disait quelque chose ! L'homme qu'on a suivi, c'était M. Elouan ! Ça ne m'étonne pas qu'il ait disloqué mon épaule avec sa main de géant !

— M. Elouan ? Mais tu as raison ! Qu'est-ce qu'il allait faire sur les collines par ce temps-là ?

— Peut-être qu'il aime se promener la nuit. Rentrons maintenant.

Ils se glissent jusqu'à la porte de derrière. Ils entrent, referment derrière eux, enlèvent leurs chaussures et montent l'escalier sur la pointe des pieds. Ils poussent un soupir de soulagement lorsqu'ils se sentent en sécurité dans leur chambre.

— J'ai horriblement mal à l'épaule, se plaint Mick. Dis-moi si elle est enflée.

François allume sa lampe de chevet et pousse un sifflement.

— Eh bien, tu as un bleu qui couvre toute l'épaule ! Il a dû te serrer vraiment fort !

— Oui, très fort ! Décidément, le bilan de notre nuit n'est pas brillant ! On a suivi notre hôte et on n'a rien découvert d'intéressant !

— Ça n'a pas d'importance. J'espère seulement qu'aucune lumière ne s'est allumée dans la tour pendant qu'on prenait M. Elouan en filature... conclut François en se glissant dans son lit.

chapitre 8

L'arrivée
des Barnies

Le lendemain matin, les deux garçons considèrent M. Elouan avec curiosité. Leur aventure nocturne leur paraît vraiment étrange. Le fermier les a-t-il reconnus, la veille ? Il racle sa gorge sèche, et François fait un clin d'œil à Mick. La fermière, debout devant la table, sert le petit déjeuner.

— Vous avez bien dormi, tous ? demande-t-elle. L'orage ne vous a pas réveillés, n'est-ce pas ?

M. Elouan sort de la pièce en faisant « Ah Oc Oh ! » ou quelque chose qui ressemble à cela.

— Qu'est-ce qu'il a dit ? demande Annie, pleine d'admiration pour la fermière qui réussit, non seulement à comprendre son mari, mais à bien s'entendre avec lui.

75

— Il a dit qu'il ne rentrerait pas pour déjeuner. J'espère qu'il pourra manger un morceau quelque part, car il a pris son petit déjeuner à six heures et demie, le pauvre, et il a passé une si mauvaise nuit !

— Pourquoi ? demande François.

— Il a dû aller s'occuper de Tango le poulain. Je me suis réveillée quand il est sorti. Heureusement le chien n'a pas aboyé. Je me suis rendormie et, quand il est revenu, j'ai regardé ma montre : il a passé deux heures près du pauvre cheval malade !

François et Mick écoutent avec consternation. Ils savent très bien que M. Elouan n'est pas allé à l'écurie. D'ailleurs, Tango n'est pas malade. Pourquoi tous ces mensonges ? Apparemment, le fermier raconte des histoires à sa femme ! Qu'a-t-il donc à lui cacher ? Après le petit déjeuner, les garçons expliquent à Annie et Claude ce qui s'est passé durant la nuit.

— Vous ne nous aviez même pas dit que vous sortiez, constate cette dernière d'un ton plein de reproches. J'aurais aimé partir à l'aventure avec vous !

— Moi, j'ai toujours trouvé que M. Elouan avait un air bizarre, déclare sa cousine. Ça ne m'étonnerait pas qu'il soit mêlé à des affaires douteuses... Et dire que sa femme est si gentille.

Tandis qu'ils échangent ces propos, la fillette a tout à coup la sensation que quelqu'un les écoute. C'est Yann, bien sûr ! Il lui sourit et s'approche, la main tendue.

— Non, je n'ai pas de bonbons, dit Annie. Tu n'as pas eu trop peur de l'orage, cette nuit ?

Il secoue la tête, puis s'approche et murmure :

— J'ai vu la lumière pendant la tempête !

— Quelle lumière ? s'exclame François. Tu veux parler du phare en ruine ?

Le garçonnet incline la tête.

Par mesure de précaution, les Cinq décident de sortir de la maison. Il ne faut pas que M. Elouan entende leur conversation. Ils s'installent dans un coin de la cour et interrogent Yann.

— Tu as vu le faisceau ?

— Oui.

— Il provenait de l'intérieur de la tour ?

— Oui.

— Ton grand-père aussi l'a vu ?

— Encore oui.

— Tu ne nous racontes pas de bêtises, au moins ? demande Claude, méfiante.

Yann secoue la tête.

— Quel dommage qu'on ait raté la lumière ! se désole François.

— Il faut qu'on y retourne cette nuit ! décide Mick. Regardez tous ces nuages : à tous les coups, il y aura encore un orage.

— Moi je voudrais bien comprendre à quoi sert ce rayon lumineux, intervient Annie. De nos jours, les navires sont bien équipés et ils n'ont plus besoin des phares pour manœuvrer près des côtes...

— Tu as raison, approuve sa cousine. Il faut qu'on mène l'enquête pour y voir plus clair ! Ce soir, les garçons, on se rendra tous ensemble à la vieille tour !

— J'irai aussi, ajoute Yann.

— Non, pas toi, répond François. Tu es trop petit. Et ton grand-père se ferait du souci si tu partais au milieu de la nuit.

Il commence à pleuvoir.

— On devrait rentrer avant d'être trempés, conseille Annie.

Lorsqu'ils pénètrent dans la maison, la pluie tombe à verse. Mme Elouan les accueille avec un grand sourire et leur annonce une bonne nouvelle.

— Les Barnies viendront demain soir donner leur spectacle dans la grange ! Vous m'aiderez à nettoyer et à mettre de l'ordre ?

— Avec plaisir, répond François. Mais qu'est-ce qu'on va faire des outils, des caisses, des amas de sacs qui y sont entreposés ?

— Ne vous inquiétez pas pour ça ! On les mettra dans la cour, juste pour la soirée.

Les Barnies arrivent deux heures plus tard pour préparer le local et ils sont ravis d'avoir l'aide des enfants.

Ils ne sont plus habillés en costumes étranges mais portent tous des jeans et des pulls. C'est un rude travail que de nettoyer une grange et d'y installer une scène et des décors. François remarque qu'un des comédiens transporte une énorme tête de cheval en caoutchouc.

— C'est la tête de Clopinant ! explique le jeune artiste. J'en suis responsable. Je ne dois jamais m'en séparer, ordre du directeur !

— Qui est le directeur ? demande l'aîné du Club des Cinq.

— C'est lui, là-bas, répond le comédien en désignant un homme au visage dur qui semble surveiller les travaux. Que pensez-vous de ma tête de cheval ?

François regarde l'énorme masque. Il le trouve merveilleusement imité. Les yeux, aux paupières frangées de longs cils, ont un regard ironique. La bouche, articulée, peut s'ouvrir et se fermer.

— En fait, je n'actionne que les pattes de derrière, explique le jeune acteur, avec regret. Et je m'occupe aussi de faire bouger la queue. Léo, que vous voyez là-bas, fait fonctionner les pattes de devant et la tête. Je suis sûr que vous adorerez notre numéro ! Il n'existe pas un cheval aussi comique que Clopinant dans le monde entier !

— Où sont le dos, les pattes et son corps ? demande Mick, fasciné par la complexité du costume.

— Dans l'une des malles. Je m'appelle Sid. Et vous ? Qu'est-ce que vous faites ici ?

Les Cinq se présentent et expliquent qu'ils séjournent à la ferme pour l'été. Puis ils se remettent à aider la troupe à dégager la grange. Claude est surprise de voir que Sid demeure totalement passif.

— Vous nous donnez un coup de main ? demande-t-elle.

Le comédien secoue la tête.

— Non, désolé. J'ai l'ordre de ne pas quitter la tête de cheval. Serge, le directeur, insiste pour qu'elle ne soit jamais à plus d'un mètre de moi.

— Pourquoi ? Cette tête a beaucoup de valeur ? questionne Mick.

— Je ne sais pas trop... reconnaît l'artiste.

Mais Clopinant a un tel succès... Si on nous le volait, on devrait arrêter le spectacle !

Léo s'approche. Il est beaucoup plus gros que Sid, et plus fort.

— Alors, lance-t-il gaiement. On admire le vieux Clopinant ? Est-ce que Sid vous a raconté que la tête de cheval a glissé une fois du coffre de la camionnette ? On ne s'en est aperçus que quelques kilomètres plus loin ! Serge, le directeur, était absolument furieux. Il disait qu'on ne pourrait pas donner une seule représentation sans le cheval, et voulait nous renvoyer de la troupe !

— Eh oui ! On est les vrais héros du spectacle ! conclut Sid, en relevant la tête du cheval et en lui adressant un clin d'œil complice.

Soudain son regard se rembrunit. Il vient d'entendre le directeur l'appeler. Le jeune artiste accourt auprès du gros homme au visage sombre, emportant la tête de cheval sous son bras. Il a l'air très inquiet. Serge lui dit quelques mots à voix basse. Lorsqu'il revient, François lui demande :

— Je peux porter la tête de Clopinant pour voir si c'est lourd ?

Sid regarde vivement autour de lui, comme pris de crainte.

— Non, non, répond-il. Je vous ai pourtant

expliqué que je n'ai pas le droit de m'en séparer, même pas une minute. Le directeur vient justement de me dire : « Ne restez pas avec ces gosses, vous savez bien que les gosses aiment faire des farces, ils vous chiperont Clopinant et vous perdrez votre boulot. »

Mick se met à rire.

— Vous ne perdriez quand même pas votre travail pour cela !

— Quand est-ce que vous commencez à répéter ? demande Annie, pour changer de sujet.

— On peut vous montrer un extrait de notre numéro, si vous voulez.

Les deux comédiens s'éloignent dans la grange et enfilent leur costume de cheval. Sid explique aux enfants comment il fait fonctionner la queue d'une main. Léo passe la tête à l'intérieur du gros masque et glisse ses jambes dans les pattes de devant. Avec ses mains, il actionne la bouche et les yeux. C'est vraiment incroyable !

Le cheval est très vivant, très comique, extrêmement souple. Il marche, s'assoit, bondit, fait des sauts... Par instants, il s'entortille si bien les pattes qu'il en demeure tout surpris et tourne la tête dans tous les sens. Les quatre jeunes vacanciers rient de bon cœur et Yann, debout à l'entrée de la grange, regarde de ses grands yeux éblouis.

Maintenant, Clopinant a attrapé sa propre queue entre ses dents et tourne sur lui-même. Ensuite, il se relève sur ses pattes de derrière, exécute quelques pas de danse, en faisant de drôles de bruits ; la troupe tout entière l'observe et le directeur lui-même esquisse un sourire. Enfin, le cheval s'assoit par terre, croise les jambes comme le font les humains, et se met à bâiller en montrant des dents énormes.

— Ha ! Ha ! s'esclaffe Annie, en se tenant les côtes. Je n'en peux plus, arrêtez ! Je comprends que Clopinant soit le clou du spectacle !

La matinée s'écoule dans les rires, les chansons et les farces. Les Barnies ont plus d'un tour dans leur sac.

Mme Elouan doit appeler plusieurs fois les enfants pour qu'ils viennent déjeuner. Yann court après François.

— Eh ! N'oublie pas que j'ai vu la lumière du phare, rappelle-t-il. Il faut absolument venir cette nuit.

Le spectacle de Clopinant a presque fait oublier l'histoire des pirates à l'aîné des Cinq...

— D'accord, on ira cette nuit, promet-il.

chapitre 9

La lumière dans la tour

À la fin de la journée, la grange est complètement transformée. Tout a été déblayé. On a sorti des vieilles machines agricoles, des sacs de farine et d'engrais ; le bâtiment paraît maintenant immense.

Les Barnies sont enchantés.

— On a joué plusieurs fois ici, expliquent-ils aux enfants. C'est la meilleure grange de la région. Il n'y a pas un grand public, évidemment, car l'endroit est plutôt solitaire, mais on s'amuse beaucoup. En plus, Mme Elouan nous sert, après la soirée, un merveilleux dîner.

— Je veux bien le croire, répond Mick en riant. Moi, je ferais des kilomètres pour venir manger ici !

On a monté une scène sur des planches

85

épaisses. Une toile de fond est tendue derrière. Elle représente un paysage champêtre et a été peinte, morceau par morceau, par les artistes de la compagnie.

— Voilà mon œuvre, annonce Sid en montrant à Annie le dessin d'un cheval debout dans les champs. J'ai fait le portrait du vieux Clopinant !

Tous les décors sont magnifiques. Ils changent plusieurs fois durant le spectacle. L'un représente l'intérieur d'une maison, un autre, dont les Barnies sont très fiers, un château avec une vieille tour.

Cette dernière rappelle aux enfants les paroles de Yann. Ils se regardent les uns les autres, ils ont la même pensée. Ils iront voir eux-mêmes si Loïc et son petit-fils disent vrai. Ils se demandent s'ils croiseront de nouveau M. Elouan en pleine nuit... Quel prétexte le fermier trouvera-t-il cette fois pour s'éclipser après que sa femme s'est endormie ?

La fermière vient voir la grange, maintenant qu'elle est presque prête. Elle s'agite beaucoup et ses joues sont rouges. C'est une vraie fête pour elle que d'offrir sa grange aux Barnies pour la soirée. Dans quelques heures, tous les voisins de la ferme viendront s'y installer pour assister à un merveilleux spectacle. Il faut que

86

tout soit parfait pour les recevoir ! Aussi Mme Elouan s'affaire-t-elle dans la cuisine, préparant des plats en sauce et des gâteaux pour ses convives. Le dessus du buffet est déjà couvert de mets appétissants : pâtés en croûte, tartes, fromages, jambons.

Les enfants tournent autour de leur hôtesse, respirant avec délices toutes les bonnes odeurs mêlées.

— Demain, déclare-t-elle, vous m'aiderez à préparer un coulis de fruits rouges ; vous cueillerez des groseilles et des framboises, vous trouverez des fraises aux alentours.

— D'accord ! répondent en chœur ses jeunes pensionnaires.

— Et ce soir, nous irons tous dormir de bonne heure, poursuit la fermière car demain la journée sera longue.

Les enfants se sentent fatigués après le déblaiement de la grange, mais ils sont décidés à affronter la nuit et l'orage, et à grimper jusqu'à la colline du berger pour voir si la lumière s'allume vraiment.

Le dîner est, comme toujours, savoureux ; M. Elouan mange solennellement, sans dire un mot. Il murmure seulement un sourd « Oh ! Oh ! » à la fin du repas.

— Je suis contente que tu aimes ma tarte,

87

monsieur Elouan, répond sa femme. Je ne me rendais pas compte qu'elle serait si bonne, d'ailleurs !

Annie se demande si elle l'appelle « monsieur Elouan » même lorsqu'ils sont seuls. Le fermier lève la tête juste à cet instant et surprend le regard de la fillette. Il lui dit quelque chose qu'elle ne comprend pas ; elle demeure embarrassée...

— Monsieur Elouan, intervient son épouse, n'intimide pas cette enfant. Elle ne sait pas quoi te répondre, n'est-ce pas, Annie ?

— Eh bien, en fait, je n'ai pas très bien compris ce qu'il m'a dit !

— Tu vois, monsieur Elouan, comme tu parles mal quand tu n'as pas ton dentier ! gronde la fermière. Je t'ai dit cent fois de le mettre si tu veux avoir une conversation normale. Moi je te comprends, mais pas les autres !

Les enfants ont tous levé la tête et considèrent le fermier avec stupéfaction. Comment se débrouillait-il pour mâcher tant de nourriture sans dents ?

« En tout cas, on sait maintenant pourquoi il parle si mal », pense Mick amusé.

La fermière change de conversation lorsqu'elle voit que son mari est gêné :

— Ce cheval Clopinant, quelle merveille !

— Oui, c'est un numéro génial ! renchérit Claude. J'aimerais bien que Sid et Léo nous laissent essayer. Ce doit être amusant de manier ce cheval.

Le repas s'achève. La plupart des plats sont vides et Mme Elouan semble vraiment heureuse.

— C'est parfait, se réjouit-elle. J'aime quand vous mangez normalement. J'ai horreur qu'on me laisse des restes.

— C'est si bon, la flatte François. Hein, Dago ?

Le chien est allongé, par terre, sur le flanc. Il digère tranquillement les délicieux morceaux de viande que lui a laissés la fermière. Après la vaisselle, les cousins s'assoient pour lire un peu, mais M. Elouan bâille tellement que les enfants ont soudain sommeil.

— Au lit ! ordonne leur hôtesse en riant. Je n'ai jamais entendu autant de bâillements et de soupirs dans ma vie ! Regardez mon pauvre mari, il a passé une si mauvaise nuit auprès du poulain !

Les enfants se regardent de nouveau avec un air de complicité. Ils montent tous se coucher. François se penche à la fenêtre. C'est une nuit très sombre, entrecoupée de brusques averses, le vent gémit, et le jeune garçon a l'impression d'entendre les hautes vagues se briser contre les falaises.

— Voilà une bonne nuit pour les pirates, s'ils existent encore !

— Attendons un peu avant d'y aller, suggère Mick. Il est encore trop tôt.

Ils allument leur lampe et se mettent à lire. Le vent hurle en tournoyant autour de la ferme. Une heure plus tard, ils se décident à partir. Ils sautent de leurs lits et vont discrètement frapper à la porte des filles.

— Vous êtes prêtes ? On peut y aller maintenant !

Silencieux comme des ombres, les Cinq descendent les escaliers, sortent par la cuisine et traversent la cour. Ils marchent doucement, sans faire craquer de branches, et enfin se retrouvent en plein champ. Ils s'arrêtent deux ou trois fois pour vérifier qu'ils ne se trompent pas de chemin. Lorsqu'ils aperçoivent un grand troupeau de moutons sagement couchés, ils comprennent qu'ils ne sont pas loin de la cabane du berger.

— Voilà la bergerie, murmure François. Enfin ! Faisons attention maintenant !

Ils s'approchent de la maison de bois. Ils n'entendent aucun bruit à l'intérieur ; ils n'aper-

 90

çoivent aucune lumière. Le vieux grand-père doit dormir. François imagine Yann blotti dans un lit recouvert de vieilles peaux de mouton. Les Cinq s'éloignent calmement. Maintenant, il leur faut retrouver l'endroit, l'unique endroit d'où on peut voir la vieille tour.

Malheureusement, leur recherche est vaine ! Il leur est impossible, dans l'obscurité, de savoir s'ils sont placés au bon point d'observation. Ils attendent un moment, sans savoir quoi faire. Mécaniquement, ils regardent dans la direction où devrait être la tour. Ils ne voient rien du tout. Toute cette longue marche a donc été inutile... Mais, soudain, Claude s'exclame :

— Eh ! Vous ! Qui êtes-vous ? Je vous vois !

Mick sursaute à son tour. Quelqu'un s'est glissé contre eux et une voix timide murmure :

— C'est moi, Yann.

— Encore toi. Tu nous attendais ?

— Oui. Venez avec moi !

Et le petit prend François par la main. Ils empruntent un sentier sur la droite, puis ils grimpent un peu sur la colline. Enfin, Yann s'arrête. Les Cinq voient alors la lumière lointaine. Aucun doute : elle brille comme celle d'un phare.

— On dirait un signal, commente Claude. Flash ! Flash ! Flash ! Flash ! Flash ! Qui peut faire ça et *pourquoi* ?

— Grand-père dit que c'est le fantôme de son vieux papa.

— Ne sois pas stupide, répond la jeune fille avec un air de dédain. Ça n'existe pas les fantômes !

— Et pourquoi pas des pirates ? intervient Mick, qui ne peut réprimer un frisson.

— C'est dur à dire, conclut son frère aîné. Pour percer ce mystère une bonne fois pour toutes, il faudrait qu'on aille visiter la tour...

— Ah ! non ! le coupe Annie. Pas en pleine nuit ! J'ai trop peur ! Qui sait ce qui peut nous arriver ? Si ça se trouve, ces bandits vont encore provoquer un naufrage !

— D'accord, on ira après-demain, la rassure François.

— Pourquoi pas demain ? interroge Mick.

— On a promis à Mme Elouan de l'aider, c'est le jour des Barnies ! rappelle son frère. Vous savez ce que je pense ? À mon avis, les personnes qui envoient les signaux accèdent à la tour par un passage souterrain... Sinon, comment expliquer que le berger ne les ait jamais vus passer à proximité de sa cabane ?

Ses compagnons restent muets. Enfin, Claude se redresse et lance, d'un air de défi :

— Dans ce cas, c'est décidé ! Le Club des Cinq va repartir à l'aventure !

chapitre 10

Le spectacle va bientôt commencer

Les enfants regardent encore quelque temps la lumière, et puis retournent vers la ferme. Le vent est si fort et si froid qu'ils frissonnent dans la nuit d'été.

— Je suis content que tu nous aies retrouvés, Yann, confie Mick en passant son bras autour des épaules du jeune berger qui tremble un peu. Merci pour ton aide. On va bientôt explorer la vieille tour. Tu viendras avec nous ?

Mais si le petit garçon tremble, c'est plus de frayeur que de froid.

— Non, j'ai trop peur, avoue-t-il. J'ai peur de cette tour maintenant.

— Bon... Eh bien, dans ce cas, tant pis. Tu devrais retourner voir ton grand-père, maintenant. Il est très tard, tu sais...

Yann détale dans l'ombre, comme un lièvre. Les Cinq s'approchent maintenant de la ferme. Mais lorsqu'ils arrivent près de la cour, ils s'arrêtent soudain.

— Il y a une lumière dans la grange, chuchote Claude. Non, elle s'est éteinte. Oh ! elle se rallume ! On dirait que quelqu'un s'avance avec une lampe de poche. Qui c'est ?

— L'un des Barnies peut-être ? murmure François. Allons voir.

Ils marchent sur la pointe des pieds jusqu'à la grange et regardent à travers une fente dans la porte. D'abord ils ne voient rien. Puis une torche électrique s'éclaire dans un coin du bâtiment, là où les Barnies ont rangé leurs costumes.

— Oh ! quelqu'un fouille dans leurs poches ! s'indigne Mick à voix basse. Ce type est un voleur !

— Tu crois qu'il s'agit de l'un des comédiens ?

L'espace d'un instant, la lumière dessine l'ombre du malfaiteur sur le mur. C'est une ombre géante. Les enfants distinguent aussi une main énorme...

— Elouan ! murmure François. C'est M. Elouan ! Oui, je le vois maintenant. Qu'est-ce qu'il fabrique ? Il doit être fou !

96

— Moi, je crois surtout qu'il est impliqué dans des affaires très douteuses... déclare Claude d'un air grave.

Les jeunes enquêteurs ne savent plus quoi penser. Pourquoi leur hôte se comporte-t-il si bizarrement ? Que cache-t-il ? La journée, il raconte des mensonges, et la nuit, il erre dans la campagne. Mme Elouan sait-elle que son mari se livre à ces curieuses activités ?

— Venez, maintenant... chuchote Annie. On rentre ! J'en ai assez de jouer les espionnes ! Qu'est-ce qu'on fera, si on le voit en train de voler les affaires des Barnies ? On dénoncera notre hôte à la police ?

— Tu as raison... admet Claude. On doit élaborer un plan. Rentrons !

Ils pénètrent dans la maison sur la pointe des pieds et montent dans leurs chambres, surexcités par tout ce qu'ils ont découvert. Dago a entendu ses maîtres sortir quelques heures plus tôt et attend leur retour devant la porte des filles. Il leur fait un joyeux accueil.

— Je suis épuisé, annonce Mick en bâillant. Je vais me coucher tout de suite, sinon je ne pourrai pas me réveiller demain matin.

Ses compagnons décident de suivre son exemple.

— Bonne nuit, les filles ! lance François.

Les garçons rentrent dans leur chambre. Ils s'endorment très vite. Le vent continue à gémir dans la nuit noire, mais ils ne l'entendent pas. La balade dans la campagne sous la pluie les a fatigués.

Le jour suivant est tellement fébrile que les enfants ont à peine le temps de se souvenir des événements de la nuit. Une seule chose les rappelle à leur expédition nocturne : durant le petit déjeuner, Mme Elouan, toujours aussi bavarde, leur demande :

— Vous avez bien dormi, malgré les hurlements du vent ? M. Elouan et moi, nous avons dormi comme deux loirs !

Claude ne peut s'empêcher de donner un petit coup de pied à François qui est assis en face d'elle. Ce dernier lui fait signe de rester silencieuse. Ensuite, ils sont tous pris par leur activité : cueillir des fruits, éplucher des légumes, courir çà et là, transporter des caisses, des accessoires, des vêtements pour les comédiens, les aider à installer des chaises et des bancs pour les spectateurs et même recoudre des boutons aux costumes.

Yann est là, comme d'habitude, et Dago s'occupe de lui. Mme Elouan lui fait faire toutes ses courses. On l'entend dire :

— Yann, va me chercher des œufs au poulailler ! Yann, apporte-moi du bois !

Et cela toute la journée !

Les Barnies travaillent dur eux aussi. Vers midi, ils font une répétition pendant laquelle tout se passe mal... Le directeur gronde, se fâche, trépigne, et Annie se demande si les comédiens ne vont pas tous partir et le laisser là avec son spectacle.

D'abord, il y a un concert donné par trois jeunes artistes ; puis une pièce mélodramatique, avec des méchants et des bons, des héros et une héroïne qu'on maltraite, mais tout s'achève dans la joie. Ensuite, c'est au tour de Clopinant de montrer ses talents. Il passe sur la scène entre les numéros et les changements de décor. Il est chargé de faire patienter le public en l'amusant.

Les Cinq regardent Léo et Sid répéter dans leur coin. C'est fantastique de voir leur habileté : le cheval danse, trotte, galope, tombe, se relève, s'assoit, dort... Décidément, les deux comédiens sont très forts.

— Laissez-moi essayer la tête, monsieur Sid, supplie François, simplement pour voir.

Mais l'artiste reste ferme sur sa position.

— Les ordres sont les ordres, explique-t-il.

— Ce doit être ennuyeux d'avoir la charge

de ce cheval tout le temps, non ? demande Annie.

— On s'y habitue, répond l'acteur en haussant les épaules. Vous savez, je ne me sépare jamais de mon vieux Clopinant. À tel point qu'il dort dans la même chambre que moi ! Nous mettons nos têtes sur l'oreiller ensemble.

— Quoi qu'il en soit, la grange va crouler sous les applaudissements, ce soir, quand Clopinant paraîtra ! assure Claude.

— Aucun doute ! confirme Léo. Je vous l'ai dit : c'est le clou du spectacle !

Et les deux hommes s'en vont ensemble, Sid portant la tête de cheval comme d'habitude sous son bras. À l'heure du déjeuner, Mick a un brusque souvenir.

— Madame Elouan, demande-t-il. Je suppose que la tempête d'hier n'a causé aucun naufrage ?

La fermière le regarde avec stupeur.

— Sûrement pas, mon petit. Les bateaux n'approchent pas de cette côte ; les phares les avertissent de loin. L'endroit est hérissé de récifs, les navires restent au large ; quant aux pêcheurs, ils connaissent la mer !

Les enfants poussent tous un soupir de soulagement, et le repas se passe sans incident. M. Elouan est là : comme d'habitude, il mange

beaucoup et ne dit rien. Ses mâchoires éden-
tées broient la nourriture. François scrute ses
mains sombres et poilues ; il n'y a aucun doute,
ce sont bien celles-là qui fouillaient dans les
poches des comédiens.

Enfin, la soirée vient. Tout est prêt, on a
placé une énorme table au milieu de la cuisine.
Mme Elouan demande aux filles d'y déployer
une très grande nappe.

— C'est celle dont je me sers l'été au
moment de la moisson. Nous organisons un
repas magnifique ici, au mois d'août, et quand
nous avons fini de dîner, nous dansons.

— Ce doit être merveilleux, s'exclame
Annie. Je crois que la vie à la campagne me
plairait beaucoup !

— Oh ! Les gens de la ville ne disent pas
souvent ça. Ils pensent que la campagne est un
endroit ennuyeux. Mais moi, je sais que la vie
dans une ferme est pleine de distractions !

— C'est vrai, approuvent les deux cousines.

— Cette nappe est très belle, n'est-ce pas ?
dit Mme Elouan. Elle a appartenu à mon
arrière-arrière-grand-mère, elle a presque deux
cents ans, elle est toujours aussi blanche ! Elle
en a vu, des repas de moisson !

On installe ensuite les assiettes, les couteaux,
les cuillers, les fourchettes et les verres. Tous

les Barnies ont été invités et les enfants aussi. Quelle belle fête en perspective !

La cuisine est tellement pleine qu'il est difficile d'y pénétrer : pâtés de viande, jambons, ragoûts, pommes de terre au four, fromages crémeux, tartes aux fraises, confitures, flans, Mme Elouan a presque tout confectionné elle-même. Elle rit lorsqu'elle voit les enfants ouvrir de grands yeux devant tant de splendeurs.

— Vous ne mangerez pas de goûter aujourd'hui, prévient la fermière. Je veux que vous ayez bon appétit ce soir.

Plus l'heure du spectacle approche et plus l'excitation des enfants est grande.

— Voilà les premiers villageois ! s'écrie François, qui se tient à la porte de la ferme pour aider à vendre les billets. Super ! Le spectacle va bientôt commencer. Entrez ! Entrez tous ! Vous verrez les plus extraordinaires numéros du monde.

 ## Les Barnies et Clopinant

Lorsque la grange est pleine de spectateurs, et que les Cinq se sont tous installés au premier rang, le bruit devient terrible. Les rires, les rumeurs de voix, les applaudissements, les trépignements, les cris des enfants, impatients de voir commencer le spectacle, se mêlent aux jappements des chiens excités. Bref, on ne s'entend plus.

Dago accueille les villageois en bon maître de maison, aboyant vigoureusement. Yann ne le quitte pas, et Claude est presque sûre que le gamin s'en croit le propriétaire. Il est debout à la porte de la grange et reçoit tous les invités d'un air important. Il est au comble du bonheur lorsqu'il voit arriver son grand-père.

— Papi ! Je ne croyais pas que tu viendrais. Entre ! Je vais te trouver une chaise.

103

Le vieux monsieur embrasse affectueusement son petit-fils et va dire bonjour à ses amis. Il marche lentement, en s'appuyant sur une canne en bois.

— Eh bien, Loïc ! cela fait au moins vingt ans que l'on ne vous a pas vu ici, en bas, remarque un villageois à la face très rouge. Qu'avez-vous fait pendant tout ce temps ?

— Je me suis occupé de mes affaires et de mon troupeau. Et il se passera peut-être encore vingt ans avant que tu ne me revoies, mon vieux Georges ; si tu veux savoir la vérité : ce n'est pas pour le spectacle que je suis descendu à Trémanoir, mais pour le dîner !

Tout le monde rit. Yann regarde fièrement son grand-père.

— Chut ! chut ! le spectacle commence, souffle quelqu'un tandis que le rideau se lève doucement.

Enfin, les bavardages cessent ; tous les regards se tournent vers la scène. On attend avec impatience que le décor apparaisse. Tous les villageois ont déjà vu les Barnies, mais c'est un plaisir de les retrouver.

Les comédiens sont tous debout sur la scène et ils entonnent une chanson. Au bout de trois couplets, les spectateurs ont appris les paroles du refrain, et se joignent au chant. Même le vieux Loïc chantonne, marquant la mesure du bout de son bâton. On applaudit les Barnies avec entrain. Pourtant, bientôt quelqu'un dans l'assistance demande à voix haute :

— Et alors ! Où est ce brave Clopinant ?

C'est alors que la tête de cheval surgit dans un coin du décor, puis disparaît, revient un peu plus près de l'avant-scène ; enfin le corps apparaît tout entier. Il fait le timide, roule de gros yeux apeurés, et, tournant la tête, à droite, à gauche, contemple les spectateurs avec curiosité.

La musique reprend, Clopinant marche en cadence. Lorsque le tempo s'accélère, il trotte, puis galope et s'écroule soudain au bord de la scène, les pattes de devant pendantes dans le vide.

Un « ho ! ho ! ho !... » sonore parvient du fond de la grange. Tout le monde se retourne : c'est M. Elouan qui se tord de rire !

En entendant le fermier s'esclaffer, Clopinant se relève, passe une patte derrière son oreille comme pour mieux entendre. Loïc trouve lui aussi la scène désopilante. Tout cela est si drôle que les villageois en pleurent, et l'on se demande si le toit et les murs de la grange ne vont pas s'écrouler !

— Dehors, Clopinant ! hurle soudain une

voix sèche, qui semble venir du côté droit de l'estrade.

François regarde et voit que c'est le directeur qui vient de donner un ordre. Son visage est toujours aussi dur et aussi sérieux même après les clowneries du cheval. Celui-ci obéit et quitte la scène.

Le spectacle est un grand succès. Certains tours de magie ont beau être vieux et connus, ils font toujours glousser l'assistance. Les chansons sont entraînantes et le public bat des mains en rythme ! Mais c'est surtout Clopinant qui remporte tous les triomphes. Chaque fois qu'il réapparaît entre les rideaux pour occuper un temps mort, le public retient son souffle et, penché en avant, attend avec une curiosité fébrile que le cheval vienne danser ou faire sur la scène quelques acrobaties. Le Club des Cinq est fasciné.

— Sid et Léo sont géniaux ! commente Annie.

— J'aimerais avoir leur talent... confie François. Eh ! On pourrait monter un numéro pour la fête de Noël au collège. Je suis sûr que les comédiens accepteront de nous apprendre les bases.

— Laisse tomber... soupire Claude. Le directeur ne voudra jamais qu'on s'approche de la tête de Clopinant.

— Oh ! c'est vrai... Ce type est vraiment bizarre. Il a de drôles d'idées.

Au bout de trois heures de rire et de joie, les artistes saluent. Le spectacle est fini. Les villageois font une véritable ovation aux comédiens.

— Bravo ! Bravo pour les Barnies ! s'égosille un enfant.

Le rideau se relève dans un frémissement de toile. Les comédiens s'inclinent de nouveau en souriant.

Le vieux berger passe une soirée délicieuse. Lui aussi fait des farces ! Avec sa canne en bois, il accroche un fermier par le cou.

— Hep ! Alors, grand-père, on veut se battre avec moi ?

Il ne s'était pas tant amusé depuis au moins quarante ans, peut-être cinquante. Il attend le dîner avec impatience. Il va montrer aux gosses comment on mangeait de son temps !

Les spectateurs rentrent chez eux, bavardant et riant. Trois voisines restent pour aider Mme Elouan. Les Barnies entrent dans la cuisine vêtus de leurs costumes. Leur maquillage fond sous l'effet de la chaleur.

Les jeunes vacanciers ont tellement ri qu'ils

107

n'ont pas vu l'heure passer. Mais maintenant que le spectacle est fini, ils se rendent compte qu'ils ont drôlement faim ! Autour de la vaste table de bois, l'ambiance est tout aussi conviviale que dans la grange. François cherche des yeux le directeur au visage sombre. Il n'est pas là.

— Où est-il passé ? demande-t-il à Sid qui est assis près de lui.

— Il est certainement resté tout seul dans la grange, répond le comédien en mangeant une énorme tranche de gigot. Il ne dîne jamais avec nous, même après un spectacle. Quelqu'un a dû lui apporter un grand plateau chargé de bons mets. Moi, il ne me manque pas ; je ne suis jamais à l'aise avec le directeur.

— Et où est Clopinant ? Où est sa tête ? questionne François, qui ne la voit pas auprès de l'acteur. Je pensais que vous n'aviez pas le droit de vous en séparer.

— C'est exact. Sauf que ce soir, c'est le directeur qui l'a gardée. Il a peur qu'elle reçoive des coups de pied sous la table, et qu'elle soit abîmée. Pauvre Clopinant !

Juste à ce moment, Mme Elouan fait un signe aux garçons. Elle porte un grand plateau sur lequel sont disposés d'épaisses tranches de pâté, des pommes de terre fumantes, du pain frais et une part de tarte.

— J'aimerais que vous apportiez ceci à M. Serge, dit la fermière. Je ne peux pas abandonner mes convives, vous comprenez...

François et Mick se rendent tous les deux dans la grange. Il fait très sombre. Le vent souffle fort, et la pluie commence à tomber.

Le bâtiment est vide.

— Il n'y a personne, observe l'aîné.

Il pose le plateau sur une chaise et, s'approchant du rideau qui ferme la scène, aperçoit un petit papier posé sur une caisse :

— *Je serai de retour dans une heure, je suis parti faire une promenade. – Le directeur*, lit le jeune garçon.

— Bon... laissons le plateau, alors, décide Mick.

Les deux garçons ont la même pensée au même moment. Ils viennent d'apercevoir, abandonnés dans un coin, le corps et les jambes de Clopinant.

— Tiens, M. Serge a laissé son cher costume sans surveillance, remarque François. Tout le monde est en train de dîner, le directeur est parti pour une heure... personne ne le saura, si on essaie de faire marcher le cheval.

— Tu as raison, approuve son frère. C'est

le moment ou jamais ! Vite ! glisse-toi dans les jambes de derrière, je me mets dans celles de devant.

Ils enfilent les pattes.

— Dommage qu'on n'ait pas la tête... Serge a dû l'emmener avec lui.

— Non ! Regarde, elle est là sur cette chaise !

Ils se précipitent vers l'énorme masque. François l'attrape. Il est beaucoup plus lourd qu'il ne l'avait imaginé. Il inspecte l'intérieur : c'est très profond, et il se demande comment faire marcher la bouche et les yeux.

Il glisse son bras par l'ouverture. Sa main rencontre une sorte de poche dans le cou du cheval ; des clefs en sortent.

— Oh ! s'exclame le jeune garçon. Je ne savais pas que Léo cachait ses clefs dans la gorge de Clopinant !

Enfin, le plus soigneusement du monde, il passe sa tête à l'intérieur de l'accessoire.

— Il y a des trous pour les yeux ! explique-t-il à son frère. Maintenant, je suis prêt, je vais compter : un deux, un deux, et on marchera en cadence. Est-ce que ma voix rend un son bizarre ?

— Oh oui ! s'amuse Mick. Très bizarre !

Ce dernier est plié en deux, son dos reconstitue le dos du cheval et ses bras sont noués autour de la taille de son acolyte.

— Comme ça, ça va ?

— Je crois. Oh, attention ! Quelqu'un arrive, c'est le directeur qui revient. Vite, galopons ! Sortons de la grange avant qu'il ne nous attrape.

Et c'est ainsi que Clopinant s'échappe, dans un bruyant galop, hors de la grange silencieuse.

— Je ne vois rien, gémit le pauvre François. On est où ? On dirait une étable vide ? Mick, aide-moi à enlever cette tête !

— Moi non plus, je n'arrive pas à sortir du costume ! La fermeture est trop serrée, je ne peux plus la défaire !

Ils sont emprisonnés dans le déguisement de cheval et ne savent plus comment s'en dépêtrer. Vont-ils être obligés de jouer le rôle de Clopinant jusqu'à la fin de leurs jours ?

chapitre 12

Vers la tour

— J'étouffe ! gémit François, désespéré, il faut absolument faire quelque chose !

— J'ai tellement chaud ! Je ne peux plus respirer.

— Qu'est-ce qu'on est bêtes de s'être laissé prendre à ce piège !

Malgré sa frayeur, Mick ne peut s'empêcher de rire de cette situation grotesque.

— Allons vers la cuisine, suggère-t-il enfin. Quelqu'un nous aidera à sortir de là !

— Ce n'est pas si facile que ça en a l'air de faire marcher cet animal. Si, au moins, je pouvais mettre les trous en face de mes yeux... se lamente son frère.

Enfin, il y arrive ; prudemment, à pas lents, ils s'approchent de la cuisine. Ils ne savent pas

113

comment attirer l'attention sur eux et avisent une grande fenêtre ouverte. François tente de se faire remarquer par Annie ou Claude. Mais personne ne regarde dans sa direction. Au bout d'un moment, quelqu'un s'écrie enfin :

— Eh ! Monsieur Elouan, je viens de voir une silhouette de cheval ! L'un de vos animaux s'est échappé !

Le fermier sort. Devant lui, la bête s'enfuit au petit trot. François et Mick ont peur du géant ! Mais les pattes de devant et les pattes de derrière ne galopent pas au même rythme ; c'est une catastrophe ! Clopinant manque de s'affaler au sol à chaque pas ! Dans l'obscurité, M. Elouan maîtrise le cheval ; il est bien étonné d'entendre une voix humaine s'écrier :

— Poussez votre genou, il me défonce la mâchoire !

L'homme comprend alors qu'il s'agit de Clopinant.

— S'il vous plaît, supplie Mick. Sortez-nous de là, défaites la fermeture ! On suffoque.

Le fermier éclate de rire. Puis il défait le fermoir. Les garçons émergent enfin au grand air. Ils avalent une grande rasade de vent frais, ils ont bien cru mourir asphyxiés !

— Merci, monsieur Elouan. On voulait simplement essayer de faire marcher le cheval...

114

Leur hôte retourne dîner sans prononcer un mot. Les garçons, confus, ramènent le costume dans la grange. Ils ont un peu peur du directeur. Il est là ; grognant et tempêtant tout seul, cherchant Clopinant partout. François attend qu'il se déplace au fond de la grange et alors, d'un geste rapide, il lance les pattes et la tête du cheval à l'intérieur du bâtiment, puis se sauve. Avec son frère, il se précipite vers la cuisine ; tous deux s'installent autour de la table du dîner. Ils semblent n'avoir pas bougé de leur place. Il y a tellement de monde qu'on ne s'est peut-être pas aperçu de leur absence. Mais Claude s'approche d'eux.

— Vous étiez où ?

— Chut ! répond Mick. On te racontera tout après !

M. Elouan lève alors la tête vers eux en les désignant de la pointe de son couteau :

— Ho ! Ha ! Ho ! lance-t-il dans un fou rire.

— Que dis-tu ? demande son épouse. Ah ! ils ont été t'aider à attraper le cheval ? Quel cheval était-ce ?

— Clo... Hi... Nan ! articule-t-il dans un grognement mêlé de rire.

Personne, excepté Claude et Annie, ne comprend ce qu'il veut dire !

C'est une soirée merveilleuse et les enfants

sont bien tristes de la voir s'achever. Tous les convives aident la fermière à débarrasser la grande table et à faire la vaisselle. Après avoir rangé la cuisine, les amis se séparent. Les Barnies vont se coucher et le vieux Loïc repart avec Yann en direction de la bergerie. Mme Elouan ferme les volets et la porte de la cuisine. Elle semble fatiguée, mais heureuse.

Les jeunes vacanciers sont bientôt tous couchés. Ils s'endorment aussitôt. Leurs hôtes en font autant. Seul le chat de la cuisine demeure éveillé, surveillant l'arrivée des souris.

Le jour suivant, il fait un temps clair et tiède. Une petite brise marine souffle par instants, apportant une odeur d'iode et de varech.

— Je serai très occupée aujourd'hui, annonce Mme Elouan, car il faut que je remette tout en ordre. Je vais vous préparer un pique-nique, vous pourrez passer toute la journée dehors.

Voilà qui tombe bien, puisque les Cinq ont prévu d'aller explorer la vieille tour. La fermière leur remet un énorme panier plein de sandwichs, de fruits et de boissons !

Les jeunes enquêteurs partent avec Dago. Les bergers allemands et le labrador les escortent un temps, mais le chien de Claude leur fait vite comprendre que lui seul a la charge d'accompagner les enfants.

— Au fait, si Yann nous suit, on le garde avec nous ? demande Claude.

Avant même que ses compagnons aient eu le temps de réfléchir à sa question, le petit berger s'approche... Personne ne se serait aperçu de sa présence si Dagobert n'avait pas abandonné sa maîtresse pour lui faire fête.

— Eh bien, le voilà ! constate la jeune fille, irritée. Comme toujours !

— Salut, Yann, lance Annie.

— Vous allez à la tour ? interroge le garçonnet. Je vous accompagne !

— Non ! intervient Claude. Tu ne viens pas, compris ? On ne veut pas de toi !

Le petit visage de l'enfant grimace, il est au bord des larmes.

— Je ne peux pas vous suivre ? demande-t-il, tout bas.

Le cœur d'Annie se serre, mais elle secoue la tête.

— Non, pas aujourd'hui... Un autre jour, si tu veux. Tiens, prends ce bonbon pour te consoler.

Yann saisit la friandise et s'en va tristement. Il disparaît dans les champs aussi vite qu'il est venu. Les Cinq marchent vers la mer. Ils sont contents d'avoir mis leurs pulls car le vent souffle maintenant très fort, et il ne fait pas chaud. Plus on approche de la mer et plus la brise est fraîche.

— Je serai bien content quand on aura déjeuné, annonce François. Ce sac de provisions est très lourd !

— Allons jusqu'à la tour, recommande Mick. On déposera le panier quelque part ; on explorera un peu les lieux, ça nous mettra en appétit.

— J'espère qu'on avance dans la bonne direction.

François se sert de sa boussole et choisit de temps en temps des raccourcis ; il semble très sûr de lui. Mais ses compagnons sont plus inquiets.

— De toute façon, affirme l'aîné du groupe, on approche de la côte : regardez, voici les deux collines entre lesquelles on peut apercevoir la maison en ruine et la tour.

Ils traversent maintenant un vaste champ d'herbes folles et de buissons. Ils s'engouffrent entre des haies sombres.

— On est dans un vrai tunnel de verdure, constate Annie.

Lorsqu'ils en sortent, ils découvrent un petit sentier escarpé, très raide, qui descend entre les falaises jusqu'à la maison en ruine et la tour.

Celle-ci, construite sur un rocher, domine la mer. La marée est basse... La bande de terre qui sépare la côte du récif est étroite et dégagée.

— Nous voilà arrivés !

Ils s'arrêtent. Avec un respect mêlé d'effroi, ils contemplent la tour des pirates, et pensent aux dizaines de marins qui se sont noyés au cours de terribles naufrages.

— La tour tombe en ruine, remarque Mick.

En effet, de grandes crevasses noires dessinent dans les murailles des sortes de griffes ; les murs de la maison sont lézardés.

— Allons enquêter ! lance Claude.

La tour ne paraît pas aussi effrayante de près que de loin. Lorsqu'ils l'ont aperçue dans la terrible nuit d'orage, elle avait une apparence légendaire et tragique ; mais aujourd'hui ce n'est qu'un amas de pierres, une pauvre ruine que le vent et la tempête ont meurtrie. Le sentier s'arrête là.

Les jeune aventuriers se frayent un chemin à travers les ronces et les herbes folles.

— Apparemment, personne n'est passé par là depuis des années, fait observer François.

Ils arrivent enfin près de la maison. Attenante au donjon, elle aussi est abandonnée et triste. Seul un rosier grimpant masque un peu la misère de l'endroit. Tout cela a un aspect romantique assez touchant.

La tour, quant à elle, garde sa puissance. Claude monte les escaliers d'un vieux perron et pénètre à l'intérieur de la maison ; des herbes ont poussé entre les dalles.

— Il y a un escalier de pierre qui monte à la tour, crie-t-elle, et... oh ! venez voir !

Les autres s'approchent.

— Regardez, sur chaque marche il y a...

— De l'huile ! termine Annie. Quelqu'un a transporté de l'huile et en a renversé.

Mick s'accroupit et pose son index au centre d'une des auréoles. Puis il renifle le bout de son doigt.

— Ces traces sont toutes fraîches, déclare sa cousine en s'agenouillant à son tour pour regarder les taches graisseuses de plus près. On ferait mieux d'être prudents... il y a peut-être encore quelqu'un ici !

chapitre 13

Dans la tour
des pirates

Annie et Mick s'accroupissent eux aussi au pied de l'escalier.

— De l'huile ! s'écrie ce dernier. Rappelez-vous les paroles du vieux Loïc : son père utilisait justement une lampe à huile pour faire briller la lumière de la tour !

— Mais ces lampes ne sont plus utilisées aujourd'hui... objecte sa sœur.

— Bien sûr, les maisons sont équipées d'électricité de nos jours. Mais, vu l'état de délabrement de ce bâtiment, je doute qu'il soit raccordé au réseau électrique...

— Montons ! décide Claude. Je passe la première. Faites attention à ne pas trébucher, tout est en ruine !

La tour se dresse à côté de la maison ; ses

121

murs sont très épais. Un escalier de pierre monte en spirale jusqu'à son sommet.

— J'imagine que les guetteurs regardaient la mer de là-haut... murmure Annie.

— Et ils attendaient les navires... continue sa cousine. Oh ! Dagobert, s'il te plaît, ne me pousse pas comme ça, tu vas finir par me faire tomber.

La jeune fille atteint le sommet de la tour ; elle contemple la vue tout autour. La mer s'étend à l'infini, bleue et miroitante. Près de la côte, les vagues se brisent avec des jaillissements d'écume plus blancs que la neige. Mick arrive derrière sa cousine et scrute l'horizon, ébloui lui aussi. C'est un enchantement que le ciel brillant, l'océan étincelant et les remous dansants de l'eau. Des mouettes tournent et planent dans le ciel ; un vent léger souffle, ajoutant sa chanson au rythme des flots.

Lorsque François approche, son frère lui conseille d'être prudent : les murs n'ont pas l'air bien solides, il est dangereux de se pencher. Apparemment, des pierres et des briques sont tombées, laissant des trous çà et là dans la vieille muraille.

— Vous voyez, dit Mick, c'est un endroit génial pour projeter des signaux lumineux. On ne peut rien voir de la côte. Au contraire, les bateaux doivent apercevoir la clarté de très loin et, lorsque la tempête fait rage, ils sont sans doute rassurés de distinguer les appels de ce phare !

— Un phare qui les conduit à leur perdition... ajoute son frère d'une voix grave. Regardez ces récifs aigus, énormes, implacables. Ah ! Et vous voyez cette caverne là-bas, tout près des deux rochers jumeaux, c'est bien celle où on était l'autre jour, non ?

— Tu as peut-être raison, acquiesce Claude, mais tu sais, toutes ces grottes se ressemblent !

— Je me demande comment les pirates venaient ici, intervient Annie, l'air perplexe. Il doit y avoir un chemin quelque part...

François réfléchit.

— Leur moyen d'accès à la tour est forcément souterrain, affirme-t-il enfin. Souvenez-vous de l'amas de ronces et d'herbes qui encombre l'entrée : c'est bien la preuve que personne n'a emprunté cette voie depuis des années. Les pirates passaient forcément par un tunnel, sous la terre, qui les conduisait directement à l'intérieur de la tour.

Il y a un silence.

— Tu as raison, déclare Claude. Il y a sûrement un passage secret quelque part. Je me demande bien d'où il partait... Peut-être d'une des maisons du village ?

— On devrait parler moins fort, l'interrompt Annie en baissant soudain la voix. N'oublions pas que nous ne sommes peut-être pas seuls dans cette tour !

— C'est vrai, acquiesce Mick, regardant tout autour de lui comme s'il s'attendait à découvrir un espion. Oh ! vous voyez cette grosse auréole au coin de ce mur ? Je parie que c'est encore de cette huile qu'on a vue sur les marches !

Il se penche sur la large tache et la renifle.

— Oui, c'est la même odeur que tout à l'heure, confirme-t-il. Je parie que c'est à cet endroit qu'est habituellement posée une grosse lampe à huile.

— Et tu crois que c'est cette lampe qui éclaire la tour ? demande Annie d'une voix blanche.

— Certainement, répond son frère.

— Mais qui peut bien venir jusqu'ici pour allumer cette lumière ? Et pourquoi emprunte-t-il un chemin secret ? poursuit la benjamine du Club des Cinq.

Il y a un silence. Les jeunes enquêteurs ont tous la même idée.

— Vous ne pensez pas que ça puisse être

M. Elouan ? demande François. La première fois qu'on l'a suivi, Mick et moi, pendant l'orage, on n'a pas découvert pourquoi il se promenait dans la campagne. Tout ce qu'on sait, c'est qu'il a menti à sa femme en lui faisant croire qu'il allait s'assurer que le poulain allait bien. Mais à la réflexion, il se rendait certainement à la tour ! D'ailleurs, souvenez-vous : Yann a dit qu'il avait vu le signal lumineux ce soir-là !

Les enfants n'aiment pas cette idée, mais reconnaissent que le fermier a un comportement très suspect.

— En plus, ajoute Claude, on sait qu'il fouille les poches des gens ! On l'a vu nous-mêmes... C'est évident : ce type est un bandit !

— Alors, qu'est-ce qu'on fait ? questionne Mick. On cherche l'entrée du passage souterrain ?

— Oui ! approuvent ses compagnons. Bonne idée ! Descendons !

Annie s'engage la première dans l'escalier en colimaçon. Mais elle s'arrête brutalement...

— Allez, avance ! gronde sa cousine.

La fillette se retourne, une expression d'inquiétude sur le visage.

— Je... J'ai entendu un bruit en bas, bégaie-t-elle.

— Quoi ? Remonte vite ! la presse Claude.

Elle obéit, un peu effrayée.

— C'est peut-être l'homme à la lampe, faisons attention, recommande François.

— Mais que faire ? demande Mick. On ne peut pas rester au sommet de cette tour, en espérant que l'inconnu s'en aille...

— Attendons un petit moment, propose l'aîné du groupe. Et tendons l'oreille.

Ils s'assoient par terre en silence. Claude tient toujours Dago. Ils écoutent. Ils ne distinguent que le vent soufflant autour de la vieille tour, les mouettes s'appelant entre elles ; ils entendent le sifflement de la brise dans les hautes herbes au pied des murs, mais rien ne vient de l'intérieur de la tour ou de la maison abandonnée.

— C'était sans doute un rat ou un lapin, conclut Annie, soulagée.

— Oui, sûrement, approuve sa cousine. On descend ?

— D'accord, acquiesce Mick. Passe la première, avec Dagobert. Si quelqu'un nous attend en bas, le chien lui fera peur.

Mais, à cet instant, un bruit leur parvient distinctement : c'est une sorte de froissement ; puis le silence revient.

— Allons voir ! décide François

Résolument, il descend l'escalier. Les autres l'attendent, ils osent à peine respirer. Dago accompagne le jeune garçon ; il n'a pas eu l'air inquiet quand le frottement s'est fait entendre.

L'aîné des Cinq ralentit sa marche. Que va-t-il trouver ? Un ennemi ou un ami ? Prudent, il retarde le moment d'arriver au pied de la tour où quelqu'un l'attend peut-être, immobile dans l'ombre.

chapitre 14

Le passage secret

François s'arrête sur la dernière marche de l'escalier et écoute : aucun bruit...

— Qui est là ? demande-t-il d'une voix forte. Je sais qu'il y a quelqu'un ! Je vous entends.

Toujours aucun bruit. Le jeune garçon pousse la porte qui sépare la tour de la maison. Il entre dans la cuisine, envahie par les herbes, le lierre et les rosiers grimpants. Toujours personne. François marche dans la pièce et regarde autour de lui. Tout est calme et silencieux.

Il voit une porte qui donne sur une autre pièce et s'empresse d'aller l'ouvrir. Là encore, il ne trouve rien. Il visite ainsi, successivement, les quatre chambres qui composent la demeure en ruine. Dagobert est toujours calme et indifférent, ce qui prouve qu'il n'y a là aucun malfaiteur.

— Ce doit être une fausse alerte, en déduit le jeune explorateur. C'était probablement un lapin ! Mais, dis donc Dag, qu'est-ce que tu flaires ?

Le chien renifle le coin près de la porte. Lorsqu'il se retourne vers son maître, il semble vouloir désigner quelque chose. François s'approche mais ne voit toujours rien d'anormal.

— Vous pouvez descendre ! crie-t-il à ses compagnons. Il n'y a personne ! Annie a dû entendre un animal qui se promenait par là.

— Je suis désolée de vous avoir effrayés, dit sa sœur en dévalant l'escalier.

Les Cinq se retrouvent dans la pièce principale de la maison. Ils se sentent rassurés.

— Qu'est-ce qu'on fait, maintenant ? questionne Mick. On essaie de trouver le passage secret ?

— Je suis entré dans les quatre chambres, explique son frère. Aucune ne semble contenir autre chose que des herbes ou des ronces.

— Voyons ça de plus près ! s'écrie Claude. Dagobert, en avant !

Ils commencent à explorer les lieux. Il est facile de deviner qu'il n'y a aucune trappe. En effet, le sol est complètement envahi par les herbes : or, si des bandits avaient emprunté un tunnel souterrain, les ronces seraient écrasées à l'entrée.

— Si on se servait du flair de Dago ? suggère soudain François. On lui fera sentir les taches d'huile sur les marches, et, s'il y en a d'autres qu'on ne voit pas sous les herbes, il les découvrira grâce à son exceptionnel odorat !

— Bonne idée ! approuve Claude. Allez, viens Dagobert ! Il faut que tu joues au détective !

Elle appuie gentiment sur la tête de son chien jusqu'à ce qu'il ait le nez sur la tache d'huile.

— Et maintenant, suis cette piste !

L'animal comprend immédiatement ce qu'on lui demande. Il hume l'auréole bien fort et se retourne pour fouiner entre les herbes. Il découvre plusieurs marques sur le sol.

— Que ce chien est intelligent ! s'écrie sa maîtresse, enchantée.

Pour Dagobert, c'est presque un jeu, la piste est facile à suivre ; d'une tache à l'autre, d'une pièce à l'autre, il avance... Enfin, il s'arrête devant une cheminée, passe la tête à l'intérieur du foyer et ne bouge plus.

— Bravo ! s'exclame Claude. C'est à cet endroit que conduisent les traces, ce qui veut

131

dire que le passage secret est à l'intérieur de cette cheminée.

Ils y pénètrent tous en s'accroupissant. Le conduit est énorme. François braque horizontalement le rayon de sa lampe et soudain...

— Regardez !

Le faisceau éclaire une cavité sombre assez grande pour qu'un homme puisse s'y glisser.

— Je crois qu'on a trouvé ! Vous voyez ce trou ? Si on entre à l'intérieur, je suis sûr qu'on découvrira le souterrain. Bravo, Dago !

— Mais on va être tout noirs de suie ! se plaint Annie.

— Qu'est-ce que ça peut faire ? On est sur une piste importante, répond sa cousine.

— Exact ! renchérit Mick. Si c'est bien ce qu'on pense et que ce passage serve à des bandits, on va rendre un fameux service à la police ! Qu'est-ce qu'on fait ? On entre ?

— Oui ! s'exclame Claude. Mais si on envoyait quand même Dagobert en éclaireur ?

Le chien s'enfonce dans l'obscurité et disparaît. Il a l'air enchanté, on voit sa queue remuer. Qu'aperçoit-il au bout de ce tunnel ? Des lapins, des rats ? Quel ennemi étrange les enfants vont-ils prendre en chasse ?

— Allez, à mon tour ! décide François. J'y vais !

Il disparaît. Un par un, les autres s'engouffrent à sa suite. Tout au bout de la galerie se tient une petite place qui ressemble à un placard, et les jeunes aventuriers se demandent s'il ne s'agit pas d'une cachette. Mais, dans le rayon de sa lampe, l'aîné voit près de ses pieds un nouveau trou ; celui-ci semble s'enfoncer dans les entrailles de la terre. Il éclaire davantage et découvre des échelons métalliques.

— Ça alors... lâche le jeune garçon.

Il fait signe aux autres, puis descend en s'agrippant des mains et des pieds. Il se retrouve, quelques mètres plus bas, sur la terre ferme. Il balaie le rayon de sa lampe tout autour de lui. Pas de doute, il se trouve dans un tunnel.

Annie et Mick rejoignent leur compagnon. Mais Claude reste en arrière. Elle est inquiète car elle n'entend plus son chien. Où est-il passé ?

— François ! appelle-t-elle. Dago est avec toi ? Il a réussi à descendre l'échelle en métal ?

— Non, il n'est pas là ! répond François. Ne t'inquiète pas, on va sûrement le retrouver tout de suite. On doit rester groupés. Attention, le passage descend en pente raide !

Claude rejoint ses cousins dans le tunnel. La petite troupe avance lentement. En effet, les

133

quatre enfants glissent, trébuchent les uns contre les autres. Enfin, ils découvrent, dans les parois du mur, des crochets de fer auxquels ils peuvent se retenir.

— Voilà qui est utile ! constate Annie.

— Surtout quand on vient dans l'autre sens, ajoute Mick. Ce doit être impossible de remonter ce passage si l'on ne peut s'agripper au mur.

Après cette descente un peu périlleuse, les explorateurs pénètrent dans un vaste espace humide qui sent la terre mouillée et le varech. C'est une caverne. Les murs sont taillés dans le rocher, et à la lumière de la lampe on les voit briller.

— Je voudrais retrouver Dago, murmure Claude, je ne l'entends pas.

— À mon avis, il est un peu plus loin devant nous, tente de la rassurer François. Mais regardons un peu en traversant cette caverne s'il y a une issue. Regardez ! Il y a une marche dans le rocher. Cette grotte a une sortie.

Ils passent sous la voûte, empruntent un autre couloir de pierre, et le passage se divise bientôt en deux branches : l'une va vers la mer, l'autre s'enfonce plus loin dans la terre.

— Allons du côté de la mer, c'est plus sûr, recommande Mick.

Ils s'apprêtent à prendre le chemin de droite,

lorsque Claude s'arrête et serre très fort le bras de sa cousine :

— Écoute, dit-elle, j'entends Dagobert !

Ils s'arrêtent tous et écoutent. La jeune fille a l'ouïe très fine, elle entend son chien japper.

— Ouah ! ouah ! ouah !

— Dago ! hurle-t-elle si fort que les autres sursautent. Dago !

— Arrête ! Tu nous crèves les tympans ! lance François. On va suivre la voie qui mène vers l'intérieur de la falaise, les aboiements viennent de cette direction.

— D'accord ! Allons le chercher, et puis on poursuivra notre exploration.

Ils bifurquent donc sur leur gauche. Le chemin est plus aisé que celui qu'ils ont emprunté pour venir, car il est plus large. Les cris de Dago s'espacent. Sa maîtresse le siffle, espérant qu'il viendra en courant. Mais le chien n'arrive pas.

— C'est vraiment bizarre... J'ai peur qu'il ne soit blessé. Dago !

Le passage tourne et de nouveau se divise en deux et, à leur grande surprise, les enfants découvrent une porte dans le mur rocheux. Une porte ! Où peut-elle bien mener ?

— Dagobert est derrière ! s'écrie Claude. Il

135

a dû essayer de passer par là, et la porte s'est refermée sur lui. Dag, on est là, on arrive !

Elle pousse de toutes ses forces, mais la porte ne cède pas. Enfin, elle découvre un verrou qui a l'air ancien. Elle le tire et la porte s'ouvre aisément. Les quatre enfants s'engagent alors dans une nouvelle grotte qui ressemble presque à une pièce habitable.

Soudain, un aboiement sonore se fait entendre. C'est Dago, qui se rue sur ses amis ! Il n'est pas blessé. Il est tellement heureux qu'il jappe de bon cœur :

— Oh ! Mon petit chien ! se réjouit sa maîtresse. Comment es-tu venu jusqu'ici ? La porte s'est refermée sur toi ? Oh ! Regardez toutes ces caisses, toutes ces boîtes... Qu'est-ce que c'est que cet endroit ?

Ils observent tous l'étrange caverne, mais au même moment ils entendent un petit bruit sec. François se jette contre le battant de la porte.

— Fermée ! Quelqu'un l'a fermée ! Laissez-nous sortir ! Laissez-nous sortir !

chapitre 15

Prisonniers !

Mick, Claude et Annie se regardent. Quelqu'un a dû les suivre et les attendre là dans l'ombre. C'est sûrement la même personne qui a capturé Dago et l'a emprisonné dans cette caverne. Et maintenant, à leur tour, les enfants sont pris au piège ! François crie, le chien aboie. Enfin, une grosse voix s'élève de l'autre côté de la porte.

— On dirait que vous êtes arrivés à un très mauvais moment ! Vous allez rester enfermés là jusqu'à demain.

— Qui êtes-vous ? hurle Mick. Vous n'avez pas le droit de nous emprisonner comme ça !

— J'ai vu que vous aviez un sac de provisions ! Vous êtes chanceux : au moins, vous avez de quoi manger et boire !

137

— Laissez-nous sortir ! s'égosille Claude.

Pas de réponse. Apparemment, l'inconnu est parti.

— Ce bandit devait nous surveiller, il nous a sans doute suivis en chemin. C'est sûrement lui que tu avais entendu lorsqu'on était dans la tour, Annie.

Le chien aboie de nouveau en se rapprochant de la porte. Sa maîtresse l'appelle.

— Dago, ça ne sert à rien. Le type n'est plus là. Oh ! on n'aurait jamais dû te laisser passer le premier... Si tu n'avais pas été pris, tu aurais pu nous protéger.

— Qu'est-ce qu'on fait maintenant ? demande Annie, en essayant d'avoir l'air courageuse.

— Rien ! On ne peut rien faire ! constate son frère aîné. On est enfermés dans une cave à l'intérieur de la falaise, et il n'y a personne ici hormis notre geôlier ! Qui a une idée ?

— On n'a pas le choix : il faut attendre jusqu'à ce qu'il nous laisse sortir, répond Mick.

— J'espère que cet homme n'oubliera pas qu'il nous a enfermés là, ajoute la fillette. Personne d'autre que lui ne sait où on se trouve.

— Je suis sûr que Mme Elouan donnera

l'alarme si elle ne nous voit pas rentrer, tente de la rassurer François.

— Et alors ? Même s'ils suivent nos traces jusqu'à la vieille tour, ils ignorent où se situe l'entrée du passage secret, fait observer Claude. Enfin... plutôt que de se désespérer, je propose qu'on mange un morceau.

On déballe le pique-nique.

— C'est vrai que j'ai drôlement faim ! reconnaît Annie. Il doit être tard !

Ils dégustent un bon repas et se réjouissent que Mme Elouan ait mis tant de provisions ; au moins ils ne mourront pas de faim jusqu'au lendemain. Puis ils examinent les boîtes et les caisses qui se trouvent dans la grotte. Certaines sont très vieilles. Toutes sont vides. Il y a aussi un coffre ancien sur lequel quelques lettres sont peintes. Ce caisson a sans doute appartenu à un marin ; on y lit le nom *: Abraham Tréloff.*

— C'était peut-être un marin de l'équipage d'un navire naufragé, avance Claude. C'est là que les pirates ont caché leur butin après avoir pillé son bateau !

— Sûrement, acquiescent ses compagnons.

Les enfants ne se servent que d'une lampe, afin de ne pas risquer de se retrouver dans le noir si les deux piles s'usent. François a examiné les murs, du sol jusqu'au plafond.

Il n'y a aucun moyen de s'échapper, aucune issue.

— Ce bandit a dit qu'on était venus au mauvais moment, rappelle François en s'asseyant par terre. Qu'est-ce qu'il a bien voulu signifier par là ?

— Souvenez-vous que la mystérieuse lumière a fonctionné deux fois en quelques jours, répond Annie. Ça prouve bien que les malfaiteurs sont là, et qu'ils sont en pleine activité. Voilà pourquoi on est de trop !

— Tu as raison. Si seulement on n'était pas enfermés dans cet antre noir, on pourrait épier les bandits, les empêcher d'agir et avertir la police.

— Eh bien, c'est impossible ! grogne François. Dago, tu as été idiot de te faire prendre.

Le chien baisse la queue et regarde le jeune garçon avec des yeux pleins de tristesse. Lui non plus n'est pas content d'être bouclé là dans l'obscurité. Il s'approche de la porte, la renifle, gratte le sol avec ses pattes.

— Ne t'agite pas, Dago, ça ne sert à rien, dit la benjamine du groupe.

— Je crois qu'il a soif, explique sa cousine.

Mais il n'y a rien à donner à boire au pauvre animal excepté du jus d'orange, et il n'a pas l'air d'aimer cela. Mick regarde sa montre.

— Il n'est que deux heures et demie, gémit-il. On a des heures et des heures à attendre.

Ils essaient de jouer aux portraits chinois et se racontent toutes les histoires drôles qu'ils connaissent. À cinq heures, ils goûtent et s'inquiètent ensuite de ce que pensera Mme Elouan en ne les voyant pas rentrer ce soir.

— Si le fermier est mêlé à cette affaire, il ne sera pas très content d'avoir à téléphoner à la police pour demander qu'on nous recherche, s'inquiète Annie.

— Je crois que tu te trompes, intervient Claude. À mon avis, il sera enchanté de lancer les gendarmes sur la piste d'enfants perdus. Du coup, ils seront occupés à tout autre chose qu'à mettre leur nez dans ses propres affaires cette nuit.

— Possible, admet François.

Le temps passe lentement. Les enfants bavardent, bâillent, puis demeurent de nouveau silencieux. Parfois, à tour de rôle, l'un d'eux se lève pour jouer avec Dago. Ils ne savent plus quoi faire. Soudain, la torche électrique de François s'éteint, la pile est usée.

— Heureusement qu'on a apporté deux lampes !

141

Enfin il est neuf heures et demie. Ils ont tous sommeil.

— Si on essayait de dormir ? suggère Mick. Il y a un endroit de la cave qui est recouvert de sable ; ce sera plus doux.

Ils s'allongent tous sur cette surface molle.

— C'est tout de même très inconfortable, se lamente Claude. Oh ! Dago, s'il te plaît, ne souffle pas sur ma figure. Étends-toi entre Annie et moi ; essaie de dormir, toi aussi.

Le chien se couche sur les jambes de sa maîtresse.

— J'espère qu'il se tiendra tranquille, soupire cette dernière. Sinon, on ne pourra pas fermer l'œil de la nuit.

Pourtant, quelques instants plus tard, les quatre enfants dorment paisiblement. Dagobert en fait autant, mais il garde prudemment une oreille à l'écoute et un œil à moitié ouvert. Personne ne pourra entrer dans la caverne sans qu'il l'entende.

Onze heures. Dehors, le soleil s'est couché depuis longtemps. Dago se dresse brusquement sur ses pattes. Il se met à gronder sourdement. Claude se réveille à son tour et tente de calmer son chien. Mais rien n'y fait, l'animal semble de plus en plus nerveux.

 142

— Qu'est-ce qu'il y a ? Il y a quelqu'un de l'autre côté de la porte ?

Dagobert secoue la tête et, échappant aux caresses de Claude, court vers la porte.

— François ! Mick ! Annie ! Je crois que Dag a découvert quelque chose. Réveillez-vous !

Mais son fidèle compagnon a cessé de grogner. Il n'a même pas l'air furieux ; il pousse de petits jappements aigus.

— Apparemment, ce n'est pas notre ennemi qui est derrière la porte, sinon le chien aboierait.

— Chut ! gronde Mick. Évitons de faire du bruit et écoutons ! On va peut-être surprendre des voix, des paroles.

Ils restent assis complètement immobiles à écouter. Ils retiennent leur respiration. François donne un coup de coude à Annie, il a entendu un léger grattement contre la porte. Puis le bruit cesse. Dago n'aboie toujours pas. Il est là, assis sur son derrière, la tête penchée d'un côté, les oreilles dressées ; enfin, il approche son nez de la porte. Quelqu'un doit chuchoter derrière. Il bondit vers Claude, puis retourne prendre sa place sur le seuil. Alors Mick se lève sans bruit. Il y a sûrement quelqu'un de l'autre côté. Deux personnes parlent peut-être entre elles.

— Qui est là ? demande-t-il. Qui êtes-vous ?

Il y a un profond silence, puis une petite voix familière répond avec douceur :

— C'est moi, Yann.

— Yann ? Pas possible ! c'est vraiment toi ?

— Oui.

Les Cinq se regardent avec stupéfaction. Comment est-il arrivé là au milieu de la nuit ? Dagobert est fou de joie en entendant la voix du garçonnet. Il se jette contre la porte en jappant de bonheur. Claude l'attrape par le collier.

— Reste tranquille, idiot, tu vas tout gâcher !

L'animal se tait. Mick parle à nouveau au petit berger.

— Tu as une lampe ?

— Non. Il fait tout noir ici, je peux venir vers vous ?

— Oui, bien sûr. Écoute, Yann, est-ce que tu sais comment ouvrir la porte ? Est-ce que tu peux actionner le verrou ?

Les quatre prisonniers retiennent leur respiration tandis que les petites mains de Yann, tâtonnent le long du battant.

— Je n'ai pas assez de force pour tirer le morceau de fer !

— Essaie avec les deux mains ! l'encourage François.

144

L'enfant fait de grands efforts. Les Cinq
entendent grincer la tige en acier.

— Bravo ! s'écrie Mick.

Après quelques secondes, la porte s'ouvre !

chapitre 16

Le chemin des pirates

Mick ouvre la porte, et le chien bondit de joie en retrouvant le petit berger. Il lui lèche les mains et l'enfant sourit.

— Sortons d'ici en vitesse, presse François. Cet homme peut revenir d'un moment à l'autre.

— D'accord ! répondent les autres.

Ils quittent leur prison, ferment soigneusement la porte à clef derrière eux, puis rabattent le verrou.

— Quand le type viendra, il croira qu'on est toujours à l'intérieur.

— Où on va, maintenant ? demande Annie.

Son frère aîné réfléchit.

— Ce serait de la folie de remonter par le passage secret. On risque de tomber sur les bandits ! Et puis on fera sûrement du bruit en rampant dans le trou de la cheminée !

147

— Essayons l'autre couloir qu'on a vu en venant, propose Claude. Tenez, le voilà. Yann, tu sais où il conduit ?

— À la plage. J'y suis allé tout à l'heure en vous cherchant. C'est parce que je ne vous ai pas trouvés là-bas que je suis remonté ; il n'y avait personne sur la grève.

— Allons-y, décide Mick. Quand on sera hors de danger, on dressera un plan.

Ils s'enfoncent donc dans le couloir qui mène à la plage. C'est un tunnel. Le sol est escarpé, rocailleux, ils avancent péniblement. Enfin, ils entendent la rumeur des vagues, et le vent frais caresse leurs visages. C'est une nuit assez sombre, mais les étoiles brillent dans le ciel et les enfants ont une impression de clarté, après l'obscurité du passage secret.

— Mais, on est où exactement ? s'interroge François en regardant tout autour de lui.

Il a vite fait de reconnaître qu'ils se trouvent sur la même plage que celle où ils se sont arrêtés quelques jours auparavant.

— Il ne faut pas faire de vieux os ici, prévient Claude en scrutant les flots. J'ai l'impression que la marée monte.

Une vague furieuse entraîne du sable contre leurs pieds. La jeune fille considère la falaise derrière eux. Elle est très haute. Ils ne pourront certainement pas l'escalader dans le noir. Où vont-ils s'abriter ?

Une autre vague roule sur le sol, et cette fois, les jambes des enfants sont mouillées.

— Ça devient dangereux, déclare François. Si la prochaine est plus grosse, elle va nous faire tomber. Yann, est-ce qu'il y a un endroit non loin d'ici où on pourrait se réfugier ?

— Je vais vous ramener par le chemin des pirates, répond le petit berger. Venez avec moi.

— Mais oui ! se réjouit Annie. C'est celui que tu as emprunté pour nous rejoindre le jour où on est allés à la plage ! Super ! On est sauvés ! En avant !

Yann prend la tête de la file et conduit ses compagnons d'une grotte à l'autre. La petite troupe contourne un énorme rocher et arrive bientôt à l'entrée d'une voie étroite taillée dans la falaise.

— Voilà le chemin des pirates ! annonce Yann fièrement.

Mais, soudain, il s'arrête net. Dago aboie, sa maîtresse a juste le temps de le retenir.

— J'entends quelqu'un ! s'exclame le petit garçon. Vite, il faut faire marche arrière !

Ils rebroussent donc chemin. Ils avancent le plus vite possible car ils entendent des voix. Ils sont maintenant revenus près du gros rocher,

Yann tremble. Il montre une toute petite grotte à l'intérieur de la falaise.

— Chut ! souffle-t-il.

Les enfants se glissent silencieusement à l'intérieur de la faille, s'assoient et attendent.

Deux hommes apparaissent derrière le rocher. L'un est énorme et l'autre tout petit. On ne peut pas les voir distinctement. Mais François murmure à l'oreille de Mick :

— Je suis sûr que c'est M. Elouan... Regarde comme il est grand.

Son frère acquiesce. Il n'est même plus étonné de penser que le fermier est mêlé à cette mystérieuse affaire. Les cinq enfants retiennent leur respiration. Le petit berger désigne la mer :

— Le bateau vient, murmure-t-il.

Au début, ses acolytes ne voient rien. Mais, au bout de quelques secondes, ils perçoivent le ronflement d'un bateau à moteur qui s'approche à travers la rumeur des vagues qui se brisent contre les récifs.

— Vous... vous pensez que la lumière va s'allumer ? bredouille Annie, terrifiée.

Mais avant que l'embarcation soit arrivée près des récifs, le moteur s'arrête. Les explorateurs entendent de nouveau les voix des deux hommes. Ils ont descendu le chemin des pirates et se tiennent sous les gros rochers. Ils discutent quelques secondes, puis le plus grand saute au pied d'un autre bloc rocheux un peu plus bas et disparaît. Son complice reste seul.

— Où est parti le premier type ? murmure Claude. Oh ! Je le vois maintenant. Regardez ! Il s'approche d'un...

— ... canot ! termine le petit Yann, stupéfié. Il y a un canot ancré là, en bas. Il va le prendre pour atteindre le bateau à moteur qui s'est arrêté !

Les enfants observent la scène, les yeux écarquillés. Le ciel est complètement clair. Mais la lumière des étoiles brille trop faiblement. On distingue à peine les silhouettes des bandits.

L'homme qui rame dans sa barque se fraie un chemin à travers les vagues et les récifs. Il manœuvre ainsi jusqu'à se coller au navire immobile.

« Il doit connaître parfaitement la côte pour s'y risquer par une telle nuit au moment de la marée ! » pense Mick.

— Qu'est-ce qu'il fait ? demande Annie. Vous voyez ? On dirait qu'il décharge des caisses du bateau à moteur !

— Peut-être de la contrebande... avance Claude. En tout cas, quand il aura embarqué toute la marchandise, il retournera certainement

151

vers son complice ; je crois qu'on ferait mieux de s'échapper maintenant, non ?

— Tu as raison, approuve Mick. Si on attend, ces hommes vont revenir dans notre direction. Allez, on y va !

Ils contournent le grand rocher et prennent le chemin des pirates. Yann est toujours en tête et les éclaire grâce à la lampe que François lui a prêtée. Le chemin se rétrécit, c'est maintenant une sorte de tunnel.

— Où aboutit le chemin des pirates ? questionne soudain Annie.

— Dans un hangar de la ferme de M. et Mme Elouan, révèle Yann à la grande surprise de tous.

— Quoi ? Ce passage secret conduit chez les Elouan ? répète Mick, scandalisé. Eh bien, voilà qui est pratique pour M. Elouan ! Je me demande combien de fois il est passé par là pour aller chercher de la marchandise de contrebande ! Ce type est un filou !

— Grâce à nous, il va être obligé d'interrompre son petit système ! ajoute François avec une voix pleine de fierté. Je suis seulement désolé pour Mme Elouan : quel choc quand elle apprendra que son mari est un escroc !

Le passage devient de plus en plus étroit et difficile. La terre est humide sous les pieds.

152

— Ça fait combien de temps qu'on marche ?
gémit Annie. On est encore loin ?

— Non, répond Yann.

Claude se rappelle soudain que personne n'a
demandé au petit berger comment il a eu l'idée
de partir à leur recherche.

— Comment tu as fait pour nous retrouver
cette nuit ? interroge-t-elle.

— C'était facile, explique l'enfant. Quand
vous m'avez dit que je ne pouvais pas vous
accompagner aujourd'hui, j'ai fait semblant de
partir. Puis je vous ai suivis jusqu'à la maison
délabrée ; malgré ma frayeur, je me suis caché,
je vous ai vus monter à la tour, explorer les
ruines...

— C'est donc toi que j'ai entendu en descendant les vieilles marches ! s'exclame Annie.

— Oui, je me suis caché et je vous ai sur-
veillés par un trou dans le mur. Je vous ai aperçus en train d'entrer dans le foyer de la
cheminée et disparaître. Alors j'ai eu très peur.
J'ai voulu entrer dans le trou moi aussi, mais
c'était si sombre ! J'ai attendu un bon moment
dans la cheminée en espérant que vous revien-
driez.

— Et alors ?

— Alors, j'ai entendu des voix, mais ce
n'était pas vous ! C'étaient des hommes incon-

nus. Je me suis enfui, et je me suis caché dans les ronces !

— Drôle d'endroit pour se cacher ! pouffe Mick. Ça pique !

— Seulement j'ai commencé à avoir de plus en plus faim. Alors, je suis retourné chez mon grand-père pour manger. Il m'a grondé parce que j'étais parti sans sa permission et il m'a interdit de quitter la cabane pour tout l'après-midi. Il était furieux ! Le soir, je suis allé à la ferme de Trémanoir pour voir si vous étiez revenus, mais vous n'y étiez pas. Les Barnies préparaient un autre spectacle. Je n'ai vu ni M. Elouan ni sa femme. J'ai compris que vous étiez toujours dans ce trou noir dans la cheminée, alors...

— Alors tu as parcouru tout ce chemin dans l'obscurité pour nous rejoindre ! complète François. Tu as vraiment du courage. On te doit une fière chandelle !

— J'avais vraiment très peur, avoue Yann. Mes jambes tremblaient comme celles de mon grand-père ! Je me suis glissé dans le conduit obscur et voilà, à la fin je vous ai retrouvés.

— Et tu n'avais pas de lampe ! souligne Mick en donnant une bonne bourrade au petit garçon. Tu es un vrai ami !

— Je voulais sauver Dago qui est mon ami, lui aussi.

Claude ne conteste plus cette affection. Elle estime que le petit berger a fait preuve d'une grande témérité et qu'elle a été stupide de jalouser l'amitié que lui manifestait son chien !

— On est arrivés, annonce le garçonnet. Nous voilà à la ferme de Trémanoir. Regardez au-dessus de vos têtes.

Il projette un faisceau de lumière en l'air ; une trappe s'ouvre au-dessus des jeunes aventuriers.

— Tiens... La trappe est ouverte, remarque Yann. Quelqu'un est descendu par là cette nuit...

chapitre 17

Tard après minuit

— Ce sont forcément M. Elouan et un complice qui ont utilisé la trappe cette nuit ! Où débouche cette ouverture ?

— Dans un coin du hangar ; quand elle est fermée, elle est recouverte de sacs de blé ou de haricots. On les a poussés pour soulever la planche en bois.

Ils grimpent tous. Le jeune berger éclaire tout autour de lui. Pas de doute : les machines et les outils des Elouan sont là. Un rat s'échappe soudain d'un coin du bâtiment et s'engouffre dans la trappe entrouverte. Dago aboie et le prend en chasse, mais, au moment de se glisser dans l'escalier obscur, il hésite. Sa tête se penche, d'un côté, de l'autre...

— On dirait qu'il écoute, murmure Annie.

157

Je suis sûre qu'il entend quelqu'un qui vient.
Ce sont peut-être ces contrebandiers !

— Mais non ! tempère sa cousine. Il est
seulement en train de guetter le rat qui s'enfuit.

— J'ai une idée, intervient Mick. On va fermer la planche en bois pour boucher la trappe.
Ensuite, on empilera les sacs et les caisses dessus ; quand les hommes arriveront, ils seront
pris au piège, ils ne pourront pas sortir ! Si on
prévient la police à temps, on pourra probablement les faire arrêter.

— C'est une très bonne idée, Mick !
approuvent ses compagnons. Si ces hommes
trouvent la trappe fermée, ils ne pourront pas
retourner en arrière pour sortir : à l'heure qu'il
est, l'autre côté du passage souterrain doit être
envahi par la marée.

— Ha ! Je donnerais tout pour voir la tête
de M. Elouan quand il s'apercevra qu'il est pri-
sonnier à son tour !

Tous ensemble, ils ferment la trappe et
empilent dessus des sacs et des caisses. Ils ont
très chaud et sont très sales lorsqu'ils ont fini ;
ils commencent aussi à se sentir fatigués.

— Ouf ! souffle François. Je suis content
que ce soit terminé ! Maintenant retournons à

158

la ferme et allons dire à Mme Elouan qu'on est de retour.

— Oh... soupire Annie. Est-ce qu'il va falloir lui dire que son mari est mêlé à une sombre affaire ?

— Oui, je crois qu'on a le devoir de la prévenir, répond Claude solennellement. Ce sera un peu difficile, mais c'est indispensable ! Allez, venez ! Et ne faisons pas trop de bruit, sinon les bergers allemands et le labrador vont aboyer. D'ailleurs, je suis surprise qu'ils n'aient pas encore montré leur nez.

En effet, c'est plutôt surprenant, car les chiens de ferme donnent l'alerte chaque fois qu'ils entendent le moindre bruit suspect dans la nuit. Les cinq enfants et Dago quittent le hangar et s'approchent de la maison des Elouan. Annie saisit soudain le bras de son frère aîné.

— Regarde ! chuchote-t-elle. Tu vois ces lueurs sur la colline ?

François lève la tête et voit, à son tour, des lumières qui bougent çà et là dans les champs. Il cherche à comprendre...

— C'est peut-être Mme Elouan et les Barnies qui sont partis à notre recherche. Ils ont pris des torches électriques.

Les jeunes aventuriers passent devant la

grange dont se sont servis les comédiens pour leur spectacle. Un petit sifflement les fait s'arrêter sur place. Claude pose sa main sur le cou de Dago pour l'empêcher d'aboyer. Qui est-ce ? Personne ne répond. De nouveau, quelqu'un siffle.

— Là, je suis là, chuchote une voix masculine.

Personne ne bouge. Qui est cet homme tapi dans l'ombre ?

— Là, je suis là ! répète le mystérieux individu.

Et tout à coup comme s'il mourait d'impatience, l'inconnu avance dans la cour. Les enfants ne peuvent pas voir qui c'est tant il fait sombre. Yann braque sa lampe électrique vers lui.

C'est M. Serge, le directeur de la troupe de comédiens. Il a l'air aussi sinistre que d'habitude. Il cligne des yeux, ébloui par l'éclat de la lumière, recule un peu et disparaît derrière un mur. Dagobert grogne.

— Je me demande bien ce que le directeur fait là ! dit enfin Mick. Il doit être au moins deux heures du matin. Il n'avait pas l'air d'aider Mme Elouan à nous chercher, en tout cas...

— Qu'est-ce qu'il y a comme monde dehors

160

en pleine nuit ! ajoute Annie. Quand je pense qu'on nous avait dit que la région était particulièrement calme !

Claude réprime un bâillement.

— Moi, je me sens tellement fatiguée que je ne serais même plus étonnée si je voyais Clopinant accourir vers nous en disant : « Salut, les amis ! »

Les enfants pénètrent enfin dans la ferme. Les lumières sont allumées partout et aucun volet n'est fermé. Mme Elouan est assise, les mains nouées sur ses genoux, elle semble désespérée. Les jeunes aventuriers s'approchent de leur hôtesse. Elle sursaute et court vers eux. Elle saisit Annie dans ses bras, puis embrasse Claude. Des larmes coulent sur ses joues.

— Vous voilà ! Quel soulagement ! Où étiez-vous passés ? demande-t-elle, entre deux sanglots. Les Barnies sont partis à votre recherche avec les chiens ! Il y a des heures qu'ils fouillent les champs. M. Elouan n'est pas à la maison non plus. Je me demande où il peut être. Ah ! cette soirée est épouvantable, mais, heureusement, vous êtes sains et saufs !

Les enfants sont émus par ce pauvre visage défait, plein de tristesse et de douceur.

— Consolez-vous, madame, la réconforte

François. Nous n'avons rien. On est désolés que vous vous soyez inquiétée...

— Mais où êtes-vous allés ? reprend la femme. Je vous imaginais noyés, perdus dans les collines ou tombés au milieu des carrières !

Les jeunes pensionnaires se sentent mal à l'aise. Ils savent qu'ils ne peuvent raconter leur mésaventure sans révéler ce qu'ils ont découvert sur le compte de M. Elouan. Mais comment annoncer à la bonne fermière que son mari est, au même moment, en train de décharger des produits de contrebande récupérés à bord d'un bateau à moteur...

— C'est une longue histoire, répond enfin Mick. Mais je vais essayer d'être bref. Des choses étranges se sont passées, cette nuit...

Il raconte tout leur périple, l'histoire de la vieille tour, le récit du berger, le passage secret dans la cheminée, leur capture et leur fuite, puis il s'arrête. Pourtant, il ne peut manquer de dire à Mme Elouan que l'un des contrebandiers est son mari... Il regarde les autres avec désespoir. Claude est très émue, malgré ses airs de garçon coriace. Heureusement, Yann intervient.

— On a vu M. Elouan près des grottes, déclare-t-il simplement.

La fermière ouvre de grands yeux.

— Vous l'avez vu près des grottes ? Impossible. Qu'aurait-il fait par là-bas ?

— On pense... on pense qu'il doit être l'un des contrebandiers, poursuit François. On est certains de l'avoir vu dans le canot ; il ramait vers le bateau entre les rochers. Il va s'attirer des ennuis, madame Elouan, parce que...

Il ne finit pas sa phrase, car à sa plus grande surprise, son interlocutrice s'est levée, et, courant vers lui, lui a attrapé vigoureusement l'oreille droite.

— Aïe ! hurle le jeune garçon. Vous me faites mal !

— Ça t'apprendra à raconter des choses pareilles à propos de M. Elouan qui est le plus honnête et le plus brave des hommes ! Lui, un contrebandier ! lui avec ces bandits ! Je te tirerai les oreilles jusqu'à ce que tu ravales tes mots ! Que cela te serve de leçon !

Les Cinq n'ont jamais assisté à une telle scène de colère ! Quant à Yann, il se cache prudemment sous la table. Dagobert aboie à pleins poumons. Annie hurle à la fermière de lâcher son frère.

— Pas avant qu'il ait fait des excuses ! rugit-elle.

François pose la main gentiment sur le bras de la fermière :

— Ne vous mettez pas en colère, je suis vraiment désolé d'avoir parlé comme ça de votre mari.

La femme le repousse sèchement.

— En colère ? Oui, je suis en colère ! Je suis certaine que M. Elouan n'était pas sur le chemin des pirates !

— Je vous assure que si, intervient Mick.

— Il y est et il doit y être encore, puisqu'on a refermé la trappe sur lui, ajoute Yann, toujours caché sous la table.

La pauvre fermière se laisse de nouveau tomber sur une chaise. Elle regarde maintenant François avec angoisse.

— C'est vrai, reprend doucement ce dernier. On est revenus de la plage par là. Le passage souterrain aboutit dans le hangar. On a refermé la trappe et mis des sacs dessus.

Les enfants se sentent mal à l'aise. Les yeux de leur hôtesse s'emplissent de larmes. Sa bouche s'ouvre et se referme comme celle d'un poisson hors de l'eau.

— Je ne crois pas tout cela, articule-t-elle enfin. C'est un cauchemar, ce n'est pas vrai. Mon mari va rentrer d'un moment à l'autre. Je vous le dis, il n'est pas sur le chemin des pirates ; ce n'est pas un méchant homme, il va arriver d'une minute à l'autre, vous allez voir !

Il y a un grand silence et soudain on entend le bruit régulier de grosses bottes.

— J'ai peur... gémit Yann.

Tous sursautent. Les pas se rapprochent de la porte de la cuisine. La fermière court ouvrir. C'est M. Elouan !

Sa femme l'embrasse chaleureusement.

— Je savais bien que tu allais revenir !

Les enfants regardent le nouvel arrivant avec étonnement. Il a l'air, lui aussi, très surpris de les voir.

— Pourquoi ces gosses sont-ils encore éveillés ? demande-t-il.

Il parle tout à fait normalement, ses mots sonnent clair. Il a dû remettre son dentier.

— Oh ! Ces petits m'ont raconté des histoires à dormir debout ! Ils ont dit que tu étais un contrebandier, qu'ils t'avaient vu sur le chemin des pirates, tout près des grottes... Tu aurais pris, soi-disant, un canot à rames, pour aller chercher des marchandises à bord d'un bateau à moteur. Et, pour te capturer, ils auraient fermé la trappe du hangar !

M. Elouan s'approche des enfants stupéfaits et un peu effrayés. Comment a-t-il pu s'échap-

165

per ? Certes, il est très costaud, mais il n'a sûrement pas pu soulever le couvercle de la trappe. Il a l'air plus sauvage que jamais avec sa chevelure noire et ses sourcils broussailleux.

— Qu'est-ce que ça veut dire ? questionne-t-il sèchement.

— Eh bien, monsieur... bégaie Claude. On a été explorer la tour et on a découvert cette affaire de contrebande. On a bien cru vous reconnaître dans la grotte des pirates. On pensait qu'en rabattant la planche en bois, vous seriez pris au piège du souterrain...

— Écoutez-moi bien, jeunes gens, reprend M. Elouan d'une voix grave. Vous avez fait fausse route. Je ne suis pas un contrebandier. Je travaille, au contraire, avec la police. Il y avait bel et bien quelqu'un dans la grotte, mais ce n'était pas moi. Je me suis rendu sur la côte, c'est vrai, pour surveiller un trafic de marchandises volées. D'ailleurs, je me suis fait tremper, comme vous le voyez.

Tout cela est tellement incroyable, que les enfants ne peuvent plus dire un mot.

— Quoi qu'il en soit, poursuit le fermier, votre histoire de trappe m'intéresse beaucoup. Vous dites que vous l'avez refermée avant que vos poursuivants n'atteignent la sortie du passage secret ?

— Oui, monsieur, confirme François. À l'heure qu'il est, les vrais bandits sont prisonniers du tunnel.

— Parfait, conclut M. Elouan. Venez vite !

 # Mick a une idée

Les cinq enfants quittent la cuisine pour suivre l'agriculteur. Yann est sorti de sa cachette, il n'a pas envie de rater la fin de l'aventure. Dagobert est aussi excité que ses compagnons.

— Oh... quelle nuit terrible ! se lamente la fermière en accompagnant la petite troupe vers la porte. Tu ne m'as jamais dit que tu enquêtais sur des contrebandiers, monsieur Elouan !

— Cette affaire est très sensible, explique ce dernier. Les policiers m'ont demandé de n'en parler à personne, pas même à ma famille...

Les jeunes aventuriers ont oublié leur fatigue ; ils courent à travers la cour de la

169

ferme, suivis de Dago. Ils entrent dans le hangar aux machines.

— Nous avons bloqué l'ouverture... commence François.

Mais il s'arrête soudain ; la lampe de M. Elouan éclaire l'angle où se trouve la trappe. Elle est ouverte ! Les sacs, les caisses et la machine agricole ont été déplacés !

— Qui a pu faire ça ? s'écrie Claude. Si les bandits sont partis avec la marchandise, on est vaincus !

Le fermier grogne d'un air rageur, et rabat la trappe violemment. Il s'apprête à parler lorsque des voix se font entendre. Ce sont les Barnies qui reviennent après avoir cherché en vain les enfants. Les comédiens voient la lumière dans le hangar et entrent. Lorsqu'ils aperçoivent François, Claude, Annie et Mick, ils s'exclament :

— Vous êtes là ! On vous a cherchés partout ! Vous étiez où ?

Les enfants sont tellement déçus par ce qu'ils viennent de découvrir qu'ils n'ont même pas le courage de répondre. M. Elouan paraît de mauvaise humeur, il rétorque assez sèchement en disant que « tout va bien maintenant » et qu'il va se coucher. Les acteurs se dispersent tout en bavardant entre eux. Le fermier retourne vers la maison, suivi des Cinq. Quant à Yann, il a disparu. Ses amis se disent qu'il a dû rentrer chez son grand-père.

— Trois heures du matin ! s'exclame l'agriculteur en regardant la pendule. Je vais dormir une heure ou deux, puis je me lèverai pour traire les vaches. Filez au lit, les enfants ! On reparlera de toute cette affaire demain.

Et mettant sa main devant sa bouche, il retire solennellement son dentier, qu'il pose dans un verre d'eau sur la cheminée. Annie considère la prothèse d'un air un peu dégoûté.

Maintenant les jeunes enquêteurs tombent de fatigue. Les filles se déshabillent, mais les garçons s'effondrent sur leur lit, sans prendre le temps de se dévêtir.

Le lendemain matin, ils n'entendent pas les coqs chanter, ni les vaches meugler. Ils ne s'aperçoivent pas que les voitures des Barnies traversent la cour de la ferme ; les comédiens font leurs bagages, car la nuit prochaine ils joueront dans un autre village.

Claude se réveille enfin. Peu à peu, les images de la veille lui reviennent. Ses compagnons et elle ont raté une prise fantastique... Mais qui a bien pu ouvrir la trappe ?

Tout à coup, c'est le déclic ! Elle vient de se rappeler qu'un peu plus tôt dans la nuit

M. Serge, le directeur de la troupe d'artistes, se trouvait dans l'ombre de la cour et murmurait : « Là, je suis là. » Tout s'éclaire alors dans l'esprit de la jeune fille. L'homme attendait certainement les contrebandiers à la sortie du souterrain. Quand les enfants sont passés à côté de la grange, il a cru entendre ses complices et a sifflé pour attirer leur attention. Et lorsqu'il s'est aperçu que personne ne venait, il a été inspecter le hangar et a vu que la trappe était fermée. Pas de doute, c'est lui qui a libéré les bandits... parce qu'ils sont ses acolytes !

Claude continue de réfléchir.

« Les Barnies viennent tous les étés jouer à la ferme de Trémanoir, raisonne-t-elle. C'est l'occasion pour le directeur de faire marcher son affaire de contrebande. Il profite des nuits d'orage, quand personne ne sort, pour acheminer des marchandises volées jusqu'au hangar, avec l'aide de complices situés sur la côte. Ils communiquent entre eux grâce au signal lumineux de la vieille tour ! »

Petit à petit, le puzzle se reconstitue dans la tête de l'adolescente. Soudain, elle entend du bruit dehors. Elle court à la fenêtre. Lorsqu'elle voit les Barnies empiler leurs malles et leurs décors dans le coffre de leurs camionnettes, elle

172

réveille ses cousins et se dépêche de descendre. Elle doit absolument raconter à M. Elouan ce qu'elle sait au sujet de M. Serge ! Il faut arrêter ce bandit qui cache sans doute les produits de sa contrebande dans l'une des voitures de la troupe !

Mick, François et Annie courent derrière la jeune fille. Ils arrivent auprès du fermier qui surveille le départ des comédiens ; il a l'air sombre.

— Monsieur ! s'écrie Claude. On a oublié de vous dire quelque chose d'important. La nuit dernière, on a surpris le directeur dans l'obscurité ; à tous les coups, il avait rendez-vous avec les contrebandiers ; quand il nous a entendus approcher, il a cru qu'on était ses complices ! C'est sûrement lui qui a ouvert la trappe, lorsqu'il l'a vue fermée avec toutes ces caisses entassées. Maintenant, il doit cacher sa marchandise quelque part dans un fourgon !

— Pourquoi ne m'avez-vous pas expliqué tout ça hier soir ? demande le paysan. Il est peut-être déjà trop tard. Je ne peux pas agir avant que la police m'ait délivré une autorisation officielle pour arrêter cet individu !

Les Cinq sont soulagés de constater que M. Elouan a remis son dentier et qu'il peut s'exprimer normalement.

— J'ai pourtant fouillé plusieurs fois les affaires des Barnies ! Je n'y ai jamais rien trouvé !

— Qu'est-ce que vous cherchiez, exactement ?

— Le trafic que les autorités tentent de démanteler porte sur plusieurs types de produits dont certains sont très dangereux. Il s'agit de drogues, de véritables poisons qui sont vendus à des prix très élevés. Les paquets de cocaïne sont tout petits. Mais j'ai eu beau chercher dans les poches des vêtements, je n'ai rien découvert !

— Un sachet, c'est facile à cacher... fait observer Mick.

— Il est trop tard pour obtenir un avis d'arrestation, poursuit le fermier. Je suis obligé de laisser partir la troupe, mais j'avertirai quand même la police ; s'ils peuvent contrôler le contenu des voitures sur la route, ce sera parfait. Je vais téléphoner tout de suite au commissariat.

Léo et Sid arrivent à cet instant. Le premier dit aux enfants :

— Vous nous avez fait une peur bleue hier soir. On a cru que vous étiez définitivement perdus ! Qu'est-ce qui vous était arrivé ?

174

Le second, transportant toujours la tête de Clopinant, ajoute :

— En tout cas, mon pauvre cheval s'est fait bien du souci pour vous ! Quant à moi, je suis épuisé de vous avoir cherché toute la nuit dans les champs !

— C'est vrai qu'avec cet énorme masque sous le bras ça ne devait pas être facile ! consent Claude.

— Pour une fois, j'étais débarrassé de Clopinant, avoue l'artiste. M. Serge m'avait ordonné de lui laisser la tête. Il a veillé sur le cheval pendant que je parcourais la campagne.

Mick contemple le gros objet en caoutchouc. Brusquement, il s'en empare et s'enfuit à toutes jambes vers la ferme. Ses compagnons n'y comprennent rien. Sid crie :

— Eh ! Reviens immédiatement !

Mais le jeune garçon n'obéit pas, il contourne la maison et disparaît. Les deux acteurs courent après lui.

M. Serge apparaît à cet instant dans la cour. Il semble furieux, il crie, hurle, brandit les poings.

— Pourquoi a-t-il volé la tête de Clopinant ? s'égosille-t-il.

Soudain, Annie comprend. Elle se retourne vers Claude et François :

175

— À votre avis, pourquoi le directeur exige-t-il que le masque soit toujours sous la garde de quelqu'un ? Est-ce qu'il n'y cacherait pas quelque chose de précieux... et de secret ? Vite, allons voir !

chapitre 19

Le vrai visage
de Clopinant

À ce moment, Mick réapparaît à un autre coin de la cour. Il porte toujours la tête de cheval mais il est inquiet car Sid et le directeur courent très vite. Il se précipite vers M. Elouan.

— Prenez ce masque, halète-t-il, je crois que la drogue est cachée à l'intérieur du cou !

M. Serge se jette sur le fermier, mais celui-ci est un géant. Il tient la tête de Clopinant à bout de bras, hors d'atteinte de ses ennemis.

Les Barnies entourent maintenant le petit groupe. Daniel, l'un des ouvriers de la ferme, accourt à la rescousse. Mme Elouan, entendant cette rumeur de bagarre, s'approche à son tour. Dagobert, les bergers allemands et le labrador aboient de toutes leurs forces. Le directeur se bat avec furie. Léo se mêle au combat et prête

177

main-forte au fermier, tandis que Sid abat sa poigne de fer sur l'épaule de M. Serge.

— Laissez mon cheval tranquille ! hurle ce dernier, le visage blême. Il est à moi, c'est mon bien !

— Ah oui ? rugit M. Elouan. Vous dites que cet objet vous appartient, y compris ce qu'il contient ?

Le coupable ne dit plus rien, il semble désemparé. Le paysan retourne la tête en caoutchouc et regarde à l'intérieur du cou. Il y plonge sa main. Le directeur observe ; il respire très vite.

— Je sens quelque chose, annonce le fermier. Il y a là une petite cachette secrète, on dirait !

— Oui, intervient Léo. C'est là que je range mes clefs...

— Des clefs ? Ah oui, je les sens. Mais il y a autre chose dans cette poche !

— Comment ça ? s'exclame le comédien, surpris.

À l'intérieur du cou du cheval, les grands doigts du fermier s'agitent. Il en sort un petit paquet enveloppé dans du papier blanc.

— Qu'est-ce que c'est que ça, Serge ? demande-t-il sèchement. Ce ne serait pas l'un des lots de drogue dont vous avez fait le trafic sur cette côte ? Voilà pourquoi vous avez ordonné à vos employés de ne jamais abandonner Clopinant nulle part !

Les Barnies sont horrifiés. Sid se retourne furieux contre le directeur.

— Ce n'est donc pas Clopinant que vous nous faisiez garder, c'est cet horrible poison ! Quand je pense que pendant tout ce temps j'ai aidé un dangereux trafiquant, ça me donne envie de vomir !

Le pauvre acteur a un visage malheureux ; c'est tout juste si les larmes ne coulent pas sur ses joues ! Se frayant un chemin entre ses collègues, il s'éloigne. Léo le suit.

M. Elouan enfouit le petit paquet blanc dans sa poche.

— Qu'on enferme le directeur dans la grange. Et toi, Daniel, ordonne-t-il à son ouvrier, appelle la police. Quant à vous, les Barnies, je ne sais pas très bien quoi vous dire, vous avez perdu votre directeur, mais cela vaut probablement mieux.

— Nous ne l'avons jamais aimé, lance l'un des comédiens. On restait avec lui parce qu'il nous payait assez bien. Mais, manifestement, nos salaires provenaient de l'argent de sa contrebande ! J'y vois clair, maintenant : nous autres, acteurs, chanteurs et danseurs, nous n'étions qu'un prétexte pour lui ! Nous servions à cacher ses méfaits !

— On remontera une troupe, sans M. Serge ! ajoute un autre artiste. Mais sans Clopinant ! Il nous porterait malheur. On prendra un âne à la place. Sid et Léo inventeront un nouveau scénario.

— Très bonne idée, approuve le fermier. Je me charge du vieux cheval : il faudra certainement le remettre à la police.

Les Barnies disent au revoir à Mme Elouan et son mari. Sid et Léo embrassent les enfants.

— Je vous reverrai à votre prochain passage, dit la fermière. Vous pourrez vous servir de ma grange pour nous montrer votre futur spectacle !

L'agriculteur se tourne vers les Cinq et voit que Yann les a rejoints. Il leur sourit à tous.

— Eh bien, tout est fini maintenant... soupire-t-il. Mick, j'ai pensé que tu étais devenu fou quand je t'ai vu partir en courant avec cette tête de cheval sous le bras.

— J'ai eu une sorte d'inspiration, explique le garçon, modestement. En une seconde, tout m'a paru clair.

Ils retournent à la ferme. Mme Elouan est rentrée depuis un moment. Les enfants se doutent bien pourquoi.

— Je vous prépare un bon repas ! Pauvres petits, vous n'avez rien mangé depuis ce matin !

Le jambon, le saucisson, les pâtés, en un instant, s'amassent sur la table. Annie va cueillir des laitues dans le jardin et les lave, François épluche des tomates, Claude fait cuire des œufs durs. Une tarte aux fruits apparaît comme par enchantement, répandant une bonne odeur, et deux grands pots de crème fraîche font la joie de tous. Yann fait les cent pas dans la cuisine.

Mme Elouan rit :

— Tu veux manger avec nous ?

— Oui, acquiesce Yann, le regard plein d'envie.

— Alors, monte et va te laver les mains !

La petit berger ne se fait pas prier ! Il grimpe l'escalier quatre à quatre et se précipite à la salle de bains. Quand il revient, tout le monde s'assoit. François approche une chaise à côté de lui et y arrange Clopinant de telle manière que le cheval a l'air d'être assis à table, lui aussi. Annie se tord de rire.

— Oh ! Clopinant ! tu es tellement drôle. Tu vas nous manquer ! Monsieur Elouan, vous êtes sûr qu'on ne peut pas le garder ?

— Non, répond le fermier. Dès que la police sera là, il faudra leur confier le costume et le masque. Ils serviront de pièces à conviction.

Il s'interrompt, puis ajoute avec un sourire en coin :

— Mais, en attendant que les agents arrivent, vous pourriez nous donner un petit spectacle, non ?

— Vraiment ? s'écrient les enfants, transportés de joie. Oh ! oui ! Merci, monsieur !

— C'est bien normal ! Vous m'avez rendu un grand service, vous savez. Allez, exercez-vous pour votre représentation !

Claude s'approche de la tête en caoutchouc et s'exclame :

— Pas possible ! Clopinant m'a fait un clin d'œil !

Est-ce vraiment si étonnant ? Après tout, le brave cheval a, lui aussi, vécu une incroyable aventure...

Quel nouveau mystère le Club des Cinq devra-t-il résoudre ?

Pour le savoir, regarde vite la page suivante !

● ● ● ● ● ● ● ● ● ● ● ● ● ●

Claude, Dagobert et les autres sont prêts à mener l'enquête

Dans le 12e tome de la série le Club des Cinq,

Le Club des Cinq et le château de Mauclerc

Rouge à bande jaune pour les garçons, bleue à bande noire pour les filles : voilà les deux roulottes du Club des Cinq ! Les cousins passent leurs vacances dans un grand pré... au calme ? Certainement pas ! C'est une aventure peuplée de dompteurs, de cracheurs de feu et d'autres artistes plus étonnants les uns que les autres qui les attend...

Retrouve toutes les aventures du Club des Cinq en Bibliothèque Rose !

1. Le Club des Cinq et le trésor de l'île

2. Le Club des Cinq et le passage secret

3. Le Club des Cinq contre-attaque

4. Le Club des Cinq en vacances

5. Le Club des Cinq en péril

6. Le Club des Cinq et le cirque de l'Étoile

7. Le Club des Cinq en randonnée

8. Le Club des Cinq pris au piège

9. Le Club des Cinq aux sports d'hiver

10. Le Club des Cinq va camper

11. Le Club des Cinq au bord de la mer

12. Le Club des Cinq et le château de Mauclerc

13. Le Club des Cinq joue et gagne

14. La locomotive du Club des Cinq

15. Enlèvement au Club des Cinq

16. Le Club des Cinq et la maison hantée

17. Le Club des Cinq et les papillons

18. Le Club des Cinq et le coffre aux merveilles

19. La boussole du Club des Cinq

20. Le Club des Cinq et le secret du vieux puits

21. Le Club des Cinq en embuscade

22. Les Cinq sont les plus forts

23. Les Cinq au cap des Tempêtes

24. Les Cinq mènent l'enquête

25. Les Cinq à la télévision

26. Les Cinq et les pirates du ciel

27. Les Cinq contre le Masque Noir

28. Les Cinq et le Galion d'or

29. Les Cinq et la statue inca

30. Les Cinq se mettent en quatre

31. Les Cinq et la fortune des Saint-Maur

32. Les Cinq et le rayon Z

Tu aimes le Club des Cinq ?
Alors découvre vite les aventures
des Six Compagnons !

Pauvre Tidou ! Non seulement il doit déménager à Lyon, mais en plus son père lui interdit d'emmener Kafi, son chien adoré. Heureusement, dès la rentrée, il fait la connaissance des Compagnons de la Croix-Rousse, et la bande décide de l'aider ! Seulement ce n'est pas si simple, de faire venir un chien-loup en secret. Pas sans risques, non plus...

1. Les Six Compagnons de la Croix-Rousse

Cet hiver, les Compagnons partent en classe de neige ! Vive les randonnées et les descentes à ski ! Mais à peine arrivés à Morzine, Tidou et ses amis font une découverte inquiétante : une fillette recroquevillée dans la neige, au pied d'un sapin. Son petit corps est immobile et glacé... Que lui est-il arrivé ? Pour les Compagnons, un seul moyen de le savoir : il faut mener l'enquête !

2. Les Six Compagnons et l'homme des neiges

3. Les Six Compagnons et le mystère du parc

Les Six Compagnons passent l'été à Valence. Au cours d'une promenade dans un parc, ils font la connaissance d'un sympathique clochard. Mais dès le lendemain, une terrible rumeur envahit la ville : un enfant aurait été enlevé, en pleine nuit... et pour la police, il n'y a aucun doute : le nouvel ami des Six Compagnons est le suspect numéro un !

Un accident de voiture, un homme
évanoui, et, quelques mètres plus loin,
une montre cassée... pourtant le conducteur
porte toujours la sienne. Bizarre !
Y avait-il une autre personne à bord ?
Les Six Compagnons disposent d'un seul
indice : la montre est de marque anglaise.
Et si la solution se trouvait à Londres ?
La bande n'hésite pas et saute dans le
premier avion pour l'Angleterre !

*4. Les Six Compagnons
à Scotland Yard*

*5. Les Six Compagnons
au village englouti*

Quand ils arrivent à Maubrac, où ils ont loué
une maison, les Compagnons ont une mauvaise
surprise : le lac a été asséché ! Mais, au fond du
bassin, ils découvrent les ruines d'un ancien
village... Que cachent ces pierres, englouties
depuis tant d'années ? Et que cherchent les rôdeurs
qui s'y aventurent la nuit ? Pour le savoir, il n'y a
qu'une solution : mener l'enquête !

Les Six Compagnons trouvent une bouteille
à la mer, échouée sur la plage normande.
À l'intérieur, un inquiétant appel au secours :
« S.O.S. Saint-Marcouf ». Quelqu'un est danger,
là-bas, au large ! Pour les Compagnons, pas
d'hésitation : contre vents et marées, ils
embarquent pour une nouvelle enquête !

*6. Les Six Compagnons
et la bouteille à la mer*

Découvre également le Clan des Sept !

Le Clan des Sept va au cirque

Le Clan des Sept à la Grange-aux-Loups

Le Clan des Sept et les bonshommes de neige

Le Clan des Sept et le mystère de la caverne

Le Clan des Sept à la rescousse

Connecte-toi vite sur le site de tes héros préférés :
www.bibliotheque-rose.com
• Tout sur ta série préférée
• De super concours tous les mois

Table

PAPIER À BASE DE FIBRES CERTIFIÉES

hachette s'engage pour l'environnement en réduisant l'empreinte carbone de ses livres. Celle de cet exemplaire est de : **550 g éq. CO$_2$** Rendez-vous sur www.hachette-durable.fr

Photogravure Nord Compo - Villeneuve d'Ascq

Imprimé en Roumanie par G. Canale & C. S.A.
Dépôt légal : juin 2007
Achevé d'imprimer : janvier 2015
20.1401.7/14 – ISBN 978-2-01-201401-5
Loi n° 49956 du 16 juillet 1949
sur les publications destinées à la jeunesse